Niemand weiß wohin es ihn trägt

AF145618

Impressum:
Niemand weiß wohin es ihn trägt
Copyright @ 2015
Cover: Manuela Haag
www.diehaag.at
Daniela Noitz
daniela.noitz@a1.net
www.die-erzaehlerin.eu
www.die-erzaehlerin.blogspot.co.at

Herstellung und Verlag:
BoD - Books on Demand, Norderstedt

ISBN 9783739201030

HINFÜHRUNG 4

I. NIEMALS GIBT ES GEWISSHEIT 10
FANG DAS LICHT 11
LANA FÄHRT GERNE MIT DEM AUTO 16
MEIN ZU HAUSE IST DIE STRAßE 23
NUR EIN AGGRESSIVER HUND IST EIN GUTER HUND 30
WAHRE TREUE 35

II. DER BEGINN 44
ZU HAUSE UND DOCH HEIMATLOS 44
WOHLBEHÜTET 50
GEFAHREN DROHEN ÜBERALL 57
ZUM TÖTEN GEBOREN 63
GEBOREN UM ZU GEHORCHEN 70

III. DAS LEBEN IST VOLLER ÜBERRASCHUNGEN 77
NICHT NUR DIE IM DUNKLEN SIEHT MAN NICHT 78
IM NÄCHSTEN MOMENT IST ALLES ANDERS 85
EIN PLATZ AN DER SONNE 92
NUR HÄRTE ZÄHLT 99
SKLAVEN WERDEN NICHT GEBOREN 108

IV. DER SINN DES LEBENS 116
TROTZ ALLEM ZU HOFFEN 117
SEID FRUCHTBAR UND VERMEHRET EUCH 127
EIN GUTER FANG 134
LEBEN ODER TOD 141
DIR ZU GEFALLEN 151

V. DAS HAPPY END 160
ALS WÄRE ES NIEMALS ANDERS GEWESEN 160
EIN FRIEDVOLLER ABSCHIED 169
EIN ABSURDER TOD 176
WO SANFTMUT STÄRKE BESIEGT 184
IN AUSÜBUNG IHRER PFLICHT? 192

Hinführung

Das Leben ist nicht gerecht. Das Leben ist nicht ungerecht. Recht und Unrecht sind keine Kategorien, die das Leben ausmachen. Es ist wie es ist. Es ist auch kein Verdienst. Es gibt keine Schuld.

Wird man in einem reichen Land geboren, mit all den vielfältigen Möglichkeiten, die sich daraus ergeben, so ist es nicht, weil man ein Verdienst erworben hätte. Es ist keine persönliche Leistung. Es ist wie es ist. Ebenso ist jemand, der in einem armen Land geboren wurde, nicht der Urheber dieser Tatsache. Er trägt keine persönliche Schuld. Es ist wie es ist. Das gilt für Menschen ebenso wie für Hunde. Ob einer in einer behüteten Zucht das Licht der Welt erblickt oder in einem stillgelegten Bahnhofswagon oder in einem engen, verdreckten Käfig der Massenzucht, all das ist Zufall. Das Schicksal ist blind gegenüber dem Leid aber auch dem Glück des Einzelnen. Es mag sich nicht verzetteln. Wie fünf Erbsen in einer Schote, die herauspurzeln in die Hand eines Jungen, der sie mit seiner Pistole in die Welt hinausschießt. Wo sie landen, das ist völlig ungewiss. Weder Verdienst noch Schuld.

Jeder Hund auf dieser Welt hat sein eigenes Schicksal. Wo und welchen Umständen er geboren wird, darauf hat der Mensch in vielen Fällen keinen Einfluss. Aber er hat Einfluss darauf wie er mit Hunden umgeht, die in seiner Gewalt sind. Misshandelte, missbrauchte, vergewaltigte Hunde sind Menschenwerk.

Willkürlich habe ich fünf Schicksale herausgegriffen, wie die fünf Erbsen, die aus der Schote in eine ungewisse Zukunft geschossen werden. Die erzählten Geschichten sind namenlos und exemplarisch, denn sie wiederholen sich, zu jeder Zeit und an vielen verschiedenen Orten. Dabei gäbe es noch viele weitere Formen des Missbrauchs, wie die Nutzung von Hunden für die Erprobung von Kosmetika oder für die Befricdigung menschlicher sexueller Bedürfnisse in sog. „Tierbordellen" oder auch der ganz „normale" Sadismus Einzelner. Willkürlich wie das Schicksal ist die Auswahl, aber es gibt wohl Einblick in die Leiden, die die Menschen nach wie vor den Tieren zumuten.

Laut Schätzungen leben weltweit 375.000.000 Hunde auf der Straße. Das bedeutet, dass 75% der auf der Welt lebenden Hunde kein Zu Hause haben und oft unter elenden Bedingungen hausen. Die Gründe dafür sind vielfältig, doch die Lösungen sehr naheliegend. Denn wenn nur ein Paar dieser Hunde kastriert werden würde, bedeutete das Elend für weitere 8.000 Tiere über fünf Jahre zu verhindern. Doch nicht nur, dass sie verelenden, der Mensch weiß dieses Elend auch noch für seinen Profit und seine Bequemlichkeit zu nutzen.

So werden tausende Hunde illegal und unter den miserabelsten Bedingungen gezüchtet, weil viele einen Rassehund haben wollen, der nichts kostet. Die Hündinnen werden zu Zuchtmaschinen und, sobald funktionsuntüchtig, auch ebenso entsorgt.

Hunde werden aufgenommen, weil der menschliche Nachwuchs Freude daran hat, und ebenso entsorgt, wenn er keine Freude mehr zeigt, wenn man merkt, dass ein Lebewesen Verantwortung und Einschränkung bedeutet.

Hunde werden zu Kampfhunden ausgebildet und dazu gebracht sich gegenseitig im Ring zu zerfleischen, aber auch mit fragwürdigen Methoden zu Jagdhunden ausgebildet.

Hunde werden auf jegliche erdenkliche Art gequält oder einfach irgendwo zurückgelassen, dem Hungertot preisgegeben.

Hunde werden willkürlich ermordet, und ihr Fell zu billigem Pelzbesatz verarbeitet.

Die beschriebenen Beispiele sind willkürlich und wahllos gewählt, doch es sind welche, die überall auf der Welt zu jeder Zeit geschehen. Natürlich können wir nicht von heute auf morgen 375.000.000 Straßenhunde retten, aber wir können durch unser Konsumverhalten andere Grausamkeiten verhindern.

Wir können der illegalen Welpenzucht und damit dem Elend dieser Tiere ein Ende machen, indem wir keine Hunde aus fragwürdigen Quellen beziehen.

Wir können dem Treiben der Pelztiermafia ein Ende setzen, indem wir konsequent keine

Kleidungsstücke mehr kaufen, die mit Pelz versehen sind.

Denn letztlich gibt es nur ein Argument, das im Kapitalismus zählt, der Gewinn. Sobald etwas keinen Gewinn mehr abwirft, wird es eingestellt. Damit tragen wir die Verantwortung, mit jeder einzelnen Kaufentscheidung.

Viele Vereine und Initiativen haben es sich zur Aufgabe gemacht, für ausgesetzte, vertriebene oder einfach ungewollte Hunde ein neues Zu Hause zu finden. Sie wirken vor allem in Ländern, die gegenüber dem privilegierten Westen immer noch benachteiligt sind, da die Menschen dort aufgrund der prekären wirtschaftlichen Situation nicht in der Lage sind, sich angemessen um ihre Tiere zu kümmern. Die, die kein Heim mehr haben und nicht direkt vermittelt werden können, kommen nach Österreich. Die, die ihre Tiere behalten werden mit Futter, aber auch medizinischer Betreuung, die sich die ansässigen Hundehalter oft nicht leisten können, unterstützt. Darüber hinaus werden die Tiere kastriert, so dass weiteres Elend von vornherein verhindert werden kann.

All diese Aktivitäten sind nur durch Spenden möglich.

Lassen Sie sich Ihre Verantwortung nicht abnehmen, sondern tragen Sie dazu bei, dass immer mehr Hunde auf dieser Welt ein Leben führen können, das eines Lebewesens würdig ist.

Tragen Sie dazu bei, indem Sie die richtigen Kaufentscheidungen treffen, indem Sie andere informieren und es damit schwerer machen, dass nach wie vor weggesehen wird.

Und tragen Sie dazu bei, indem Sie die großartige Arbeit und den Einsatz für Hunde in Not unterstützen. Einen Anfang haben Sie damit gemacht, dass Sie dieses Buch kauften, denn ein Teil des Verkaufserlöses kommt direkt den Hunden zugute.

I. Niemals gibt es Gewissheit

Es war einmal eine Erbsenschote, die war durch die Sonne gereift. Zunächst waren die Erbsen in der Schote so winzig, dass sie sich wie verloren vorkamen, doch dann wuchsen sie heran, und mittlerweile waren sie so groß, dass sie sich wie gequetscht vorkamen. Es war Zeit, dass die Schote aufbrach und sie in die Welt entließ. Was würde wohl mit ihnen geschehen? Würden sie abgepflückt von einer braven Hausfrau, die sie in ihre Schürze packte, mitsamt all den anderen Schoten vom Strauch, um sie sorgfältig auszulösen, und alle miteinander in einen Topf zu geben, auf dass sie ein schmackhaftes Mahl abgäben? Oder würde sich gar niemand um sie kümmern, so dass die Schote einfach aufplatzte und sie hinaus in die Freiheit kullerten? Doch was war dann? Sie wussten es nicht und konnten es auch nicht wissen, denn ihre Welt endete am Innenrand der Schote. Von allem anderen wussten sie nichts. Doch dann ging ein Ruck durch die Schote. Sie wurde gepflückt, von einer Kinderhand, einer kleinen Kinderhand. Den Erbsen in der Schote erschien die Hand gleichwohl riesig und mächtig.

Fang das Licht

Fünf Erbsen waren in der Schote. Fünf Erbsen kamen aus der Schote in die Hand des Jungen, der sie in seine Pistole tat und abfeuerte. Eine flog auf ein Fensterbrett, ein hölzernes, schmales Fensterbrett vor einem verwitterten, windschiefen, alten Fenster, hinter dem eine Mutter mit ihrer Tochter lebte. Und mit ihnen eine schwere Krankheit, eine Krankheit, die man weder mit dem Stethoskop noch mit dem Fieberthermometer messen konnte, eine Krankheit, die nicht ans Bett fesselt und nicht in ein Krankenhaus zwingt, sondern die einfach da ist wie das Wetter. Oft ungesehen. Und die Erbse landete auf dem Fensterbrett und wurde in einem Spalt, den das alte Holz durchzog, eingezwängt. Verwundet war sie und gefangen. Die eine der fünf Erbsen aus der Schote.

* * *

Die Maisonne fiel durch die Blätter der Bäume und warf Muster auf den Boden, die sich immerzu veränderten, wenn der Wind die Blätter bewegte. Sonnenstrahlen und Wind spielten miteinander, während ein kleines tapsiges Welpenmädchen voller Lebens- und Abenteuerlust von einem glitzernden Flecken zum nächsten hopste. Dabei musste sie achtsam sein, dass sie die anderen nicht aus den Augen verlor. Doch es war einfach zu verführerisch. Ab und an ließ sich ein kleines helles Quietschen vernehmen. Mit sehr viel Phantasie könnte man es für ein Bellen gehalten haben, allerdings auch nur dann, wenn man das kleine Wollknäuel zuvor als Hund identifiziert hätte. Es tat aber niemand. Es war eben so. Ein kleiner Hund, im Spiel versunken, und gleichzeitig begierig Schritt zu halten mit den Großen und den Geschwistern. Gerade mal acht Wochen war sie alt, doch ihre Mutter hatte befunden, dass es Zeit für sie war sich abzunabeln, in die Welt hinaus zu gehen und für sich selbst zu sorgen. Am Morgen noch hatten sie energische Versuche unternommen an die Zitzen zu gelangen. Mehr um die Nähe noch ein wenig zu spüren, als dass die verbleibende Milch wirklich gesättigt hätte. Milch, die mehr fürs Herz war als für den Magen. Doch die Hündin hatte genug von den kleinen Saugern und biss sie weg.

Bloß nicht alleine sein. Tollpatschig, wie sie nun mal waren, hüpften sie mit den anderen mit. Wo die großen Hunde leichtfüßig dahinschlenderten, mussten sie sich schon ordentlich anstrengen. Fielen auf die Schnauze. Standen wieder auf. Kugelten im Gras und übereinander. Bissen sich spielerisch in die Ohren, die Beine oder was ihnen gerade zwischen die kleinen, spitzen Zähnchen kam. Der übermütigste aus dem Wurf hatte gerade den Schwanz des größten Rüden ins Visier genommen, doch das sollte ihm nicht gut bekommen. Verärgert schleuderte er den Welpen von sich, denn Welpenschutz, das ist eine Mär aus der Menschenwelt. Respekt sollten sie haben. Der kleine, dreiste Kerl flog durch die Luft und schlug zwei Meter weiter auf, zum Glück gedämpft durch das üppig wuchernde Gras, so dass er sich aufrappelte, schüttelte und kein bisschen weniger frech war. Nur den Schwanz des großen Rüden, das hatte er doch begriffen, den würde er nun in Ruhe lassen. Zumindest eine Zeit lang.

Und die Kleine war in das Spiel mit den Sonnenstrahlen vertieft. Mit anhaltender

Begeisterung sprang sie weiter und weiter, schlang die Vorderpfoten um den glitzernden Flecken ohne etwas Haschen zu können. Da sah sie auf. Sie fand sich alleine. Wo waren sie nur hingegangen? Sorgfältig schnupperte sie und folgte dem Geruch, der satt und eindrucksvoll in der Luft hing, und dann sah sie es auch schon wieder, das ganze Rudel.

Der große alte Rüde, dem man als Welpe am besten nicht zu nahe kam. Der war knorrig wie eine alte Eiche und verstand gar keinen Spaß. Dann war da noch der kleinere Rüde, und wahrscheinlich der Vater von dem Wurf, aber wer konnte das schon so genau sagen. Dann waren da noch zwei Hündinnen, die Mutter und eine alte, ehrwürdig ergraute, die sich immer öfter zurückzog und sich immer weniger rührte. Doch an diesem warmen Tag im Mai, da waren sie alle unterwegs. Vielleicht weil es der erste warme Tag war in diesem Frühjahr. Die Sonne vermag alle zu locken. Verstreut lagen sie nun auf der Straße, gähnend, während ihnen die Sonne aufs Fell schien und es aufheizte.

Endlich hatte sie ihr Rudel eingeholt, als sich das Glitzern wieder zeigte. Hurtig sprang sie auf, bereit es zu haschen. Immer wieder wich es vor ihr zurück. Was nur dazu führte, dass sie immer eifriger hopste. Irgendwann würde es ihr gelingen es zu fangen. So gingen ihre Vorderpfoten mal nach links, mal nach rechts. Die kleinen Ohren, die sich nicht entscheiden hatten können, ob sie Hänge- oder Stehohren hatten werden wollen, flatterten bei jedem Hopser. Es wäre lustig anzusehen gewesen. Es sah aber niemand. Es war eben so.

Aus den Augenwinkeln sah sie wie die anderen davonliefen, als hätten sie es plötzlich eilig. Dann ging alles sehr schnell. Sie fragte sich noch wo sie denn alle hingelaufen waren, so schnell. Als sie es endlich sah. Ein großer Schatten, der auf sie zuraste. Verzweifelt versuchte sie einen Sprung. Weg von diesem Ungetüm, das auf sie zukam. Die Reifen quietschten und der Motor heulte auf. Der Lärm durchschnitt ihre Ohren, so wie der Schmerz ihren Körper. Wie brennende Lava ergoss er sich über sie und lief durch sie hindurch. Sie hätte achtsamer sein müssen. Sie hätte mit den anderen mitlaufen sollen. Doch jetzt war es zu spät. Jetzt konnte sie sich nicht mehr bewegen. Wie gelähmt blieb sie liegen, während der Motor nochmals aufheulte und sich dann entfernte. Vielleicht hätte sie nicht so verspielt sein dürfen. Einfach weglaufen. Verzweifelt versuchte sie ihren Körper zu bewegen, doch der folgte ihr nicht. Blieb einfach liegen. Und der Laut, der sich ihrer Kehle entrang, war kein Fiepen mehr, sondern ein markerschütterndes Jaulen. Ausdruck unsäglichen Schmerzes. Es hätte einen das Herz durchschnitten. Es hörte aber niemand. Es war eben so. Auch die Verzweiflung.

* * *

Lana fährt gerne mit dem Auto

Fünf Erbsen waren in der Schote. Fünf Erbsen kamen aus der Schote in die Hand des Jungen, der sie in seine Pistole tat und abfeuerte. Eine nach der anderen schoss er hinaus, eine nach der anderen wurde in die Welt hinauskatapultiert und landete wo sie eben landete. Die erste wurde in einen Spalt in einem morschen Fensterbrett katapultiert, und schien dort, festgesteckt zu bleiben. Die zweite hingegen fand sich auf üppiger, dunkler Erde wieder, und das Schicksal schien ihr hold zu sein.

* * *

Lana liebte es mit dem Auto zu fahren. Das lag aber weniger am Auto fahren selber, sondern daran, dass es bedeutete, in das Gefährt einzusteigen, sich zu ihrem kleinen Frauchen, der zwölfjährigen Tochter ihres Besitzers, Julia, zu kuscheln, sanft geschaukelt zu werden, um dann wieder auszusteigen, an einem ganz anderen Ort, der ihr oftmals fremd , aber dennoch immer schön für sie war, da es so wahnsinnig viel zu entdecken gab. Umgeben von Menschen, die ihr Sicherheit und Geborgenheit schenkten, konnte sie es wagen ihre Entdeckerfreude auszuleben.

Einmal, da war sie noch ein ganz ein kleiner Hund gewesen, da hatten sie einen Ausflug gemacht, auch mit dem Auto. Am Waldrand hielten sie. Neugierig sah Lana aus dem Fenster. So viele fremde Geräusche und Gerüche. Es war das erste Mal in ihrem kurzen Hundeleben, dass sie einen Wald sah. Aufgeregt forderte sie, dass sie endlich aus dem Auto aussteigen dürfe, indem sie an der Tür hin- und hersprang und ihr Schwanz wie ein Propeller rotierte. Wieso brauchten die Menschen auch immer so lange? Endlich ging die Türe auf und an ihr neues Halsband wurde die Leine angehängt. Sofort versuchte sie davonzuspringen, doch die Leine riss sie unsanft zurück. Was sollte das nun wieder sein? Da gäbe es so vieles zu entdecken, und man konnte nicht hin, obwohl es vor der Nase lag. So gingen sie eine Zeitlang dahin, als sich die Bäume lichteten und eine Wiese kam, mitten im Wald. Ihr Frauchen kniete sich neben Lana und befahl ihr sich niederzusetzen. Lana fiel es schwer ihren Blick in einer Richtung zu halten, doch ihr Frauchen meinte es offenbar ernst, als sie immer wieder ihre Aufmerksamkeit einmahnte. Ein bisschen würde es schon gehen. Dann sprach sie einiges. Wann würde sie endlich fertig sein? Die Menschenworte endeten und dann wurde die Leine abgehängt. Lana war sich als erst nicht ganz sicher und probierte vorsichtig. Ein, zwei, drei, vier Schritte vorwärts ins Gras. Tatsächlich, da war plötzlich nichts mehr, was sie zurückhielt. Vorsichtig ging sie ein paar Schritte. Das Gras wurde höher, so dass sie nicht mehr darüber sehen konnte, aber die Gerüche waren sowieso interessanter.

„Lana", hörte sie plötzlich Julias Stimme. Kurz überlegte sie ob sie hinlaufen oder doch lieber ihren Entdeckungsspaziergang fortsetzen sollte. „Lana", ertönte es nochmals. Die Stimme klang ungeduldiger, um beim dritten Mal, als Lana immer noch mit sich rang ob sie dem inneren Drang oder doch Julias Stimme Folge leisten sollte, als durchaus scharf bezeichnet werden zu können. Endlich lief Lana auf Julia zu, die sie freudestrahlend in die Arme schloss. Was immer sie auch zu Lana sagte, sie bekam ein Leckerli dafür. Dann durfte sie wieder laufen, mitten hinein ins hohe Gras. Doch was war das für ein Geruch? Lana kannte ihn nicht, aber er war verlockend.

Die Nase am Boden ging sie ihm nach, immer weiter und weiter. Eine unsichere Stimme klang wie von Ferne zu ihr, die ihren Namen rief, aber sie hörte es nicht mehr. Immer weiter ging sie, bis sie aufschaute und sich einem Hirsch gegenübersah. Stolz reckte er sein Geweih in die Höhe. Groß war er, viel zu groß. Es war wohl ratsam sich aus dem Staub zu machen. Und das tat Lana, rannte los, völlig kopflos. Endlich hielt sie inne. Die Stimme war nicht mehr zu hören. Ganz allein war sie und wusste nicht wohin. So irrte sie durch den unbekannten Wald. Wie lange, das wusste sie nicht. Endlich fand sie den Weg wieder auf dem sie gekommen waren. Erschöpft legte sie sich nieder. Nichts war zu vernehmen als das Rauschen des Windes. Irgendwann müssten sie zurückkommen. Da drang eine Stimme an ihr Ohr, eine bekannte Stimme. Lana zog vorsichtshalber den Schwanz ein und ließ den Kopf hängen, dass auch jeder sehen konnte wie zerknirscht sie war. Doch da lag kein Ärger in der Stimme, sondern nur Erleichterung.

„Ich bin so froh, dass ich Dich wiedergefunden habe", sagte Julia, aber das verstand Lana nicht. Was sie sehr wohl verstand war, dass offenbar niemand böse mit ihr war, dass Julia sich freute sie zu sehen. Erschöpft stieg Lana zu Julia in den Wagen, der sie zurück brachte zum Haus und dem Kuschelkissen. Ja, Lana fuhr gerne mit dem Auto.

So sprang Lana auch an diesem sonnigen Maitag mit Freude in das Auto. Julia saß schon drinnen. Die Leckerlis wären gar nicht notwendig gewesen, aber Lana fraß sie trotzdem, nicht nur um ihrem Ruf als Vertreterin der Rasse

Labrador, die wohl nicht zu unrecht als fressfreudig gelten, alle Ehre zu machen, sondern auch um ihr kleines Frauchen nicht zu enttäuschen, die immer so froh war, wenn Lana ihr vorsichtig das Leckerli aus den Fingern zog. Das Herrchen stieg bei einer anderen Türe ein und brachte das Auto dazu zu fahren. Alles war wie immer. Wo sie wohl diesmal hinfahren würden? Ob es dort wieder andere Hunde zum Spielen geben würde? Ob es vielleicht gar einen See gäbe, in den sie springen könnte? Dann würde sie den Stock aus dem Wasser fischen, den sie für sie warfen, zurückbringen und das nasse Fell ausschütteln. Daran hatten ihre Besitzer immer große Freude. Das erkannte Lana regelmäßig daran wie aufgeregt sie mit den Händen herumfuchtelten und sich ihre Gesichter verzogen. Das alles bot sie ihnen gerne, denn sie waren so gut zu ihr. Regelmäßige Fütterungen und Spaziergänge, Spielen und Streicheln, ein warmes Plätzchen im Haus und in ihren Herzen. Was, oh Hundeherz, begehrst Du mehr? Lana wähnte sich einen glücklichen Hund. Natürlich hatten diese Menschen auch ihre Macken, aber das lag wohl in der Natur der Rasse. Und so schloss Lana die Augen, den Kopf in Julias Schoss gebettet, entspannt und voller Vorfreude. Auf diese Menschen konnte sie sich voll und ganz verlassen. Alles hätte sie ihnen anvertraut, alles, was sie hatte, sogar ihr eigenes Leben. Andererseits war sie auch jederzeit bereit ihre Menschen mit ihrem Leben zu verteidigen. Das Leben war wunderschön, geordnet und vertraut. Nichts konnte die Idylle trüben.

Der Wagen hielt, doch der Motor brummte weiter leise vor sich hin. Lana war sofort wieder hellwach und setzte sich neugierig auf. Da stieg ihr Herrchen auch schon aus und öffnete die Türe für sie, die es kaum erwarten konnte aus dem Auto zu springen. Doch wie seltsam? Da war keine Wiese und kein Wald, sondern nur Straße, an deren Rand Schotter gestreut war. Da waren auch keine anderen Hunde, weder mit noch ohne Menschen. Ab und zu fuhr ein anderes Auto vorbei. Und während Lana sich noch umsah, sprang ihr Herrchen ins Auto und fuhr los. Vielleicht sollte das ein Spiel sein. Ein seltsames zwar, aber wer weiß schon was Menschen so alles einfiel. Lana rannte dem Auto hinterher. Sie lief, so lange sie konnte, doch der Wagen war schon weit weg und Lana war gänzlich allein, einfach so, auf einer fremden

Straße, in einer Gegend, die sie noch nie gesehen hatte, und verstand die Welt nicht mehr. Endlich gab sie es auf, völlig erschöpft und abgekämpft. Sie legte sich nieder. Ihre Menschen sollten sie finden, wenn sie zurückkämen um sie zu holen. Doch sie kamen nicht zurück.

* * *

Mein Zu Hause ist die Straße

Fünf Erbsen aus der Schote in die Hand in die Büchse in die Welt. Es war der ewige Kreislauf. Manchmal fielen die Erbsen auch einfach so aus der Schote, ohne dass jemand etwas dazu getan hätte, oder sie fielen nur in eine Hand und landeten im Kochtopf, doch immer ging es weiter. Und eine dieser Erbsen fiel in den Kies, weitab von jedem Krümelchen Erde. Dort lag sie und harrte der Dinge, die da kommen mochten.

* * *

In dem Laubhaufen, nahe dem Waldrand, aber doch noch weit genug von der menschlichen Siedlung entfernt, begann es plötzlich zu rascheln. Die Blätter fielen links und rechts zur

Seite, als sich die Hündin schüttelte, um auch das letzte Blatt aus ihrem Fell zu bekommen. Knapp sechs Monate war sie jetzt alt. Eigentlich noch recht jung, und doch schon alleine, denn sie war die einzige, die aus ihrem Wurf überlebt hatte. Der Jäger hatte sie erwischt und mit einem Schuss niedergestreckt. Ein Schuss für jeden Welpen. Die Mutter war schon länger verschwunden gewesen. Eines Tages war sie ausgezogen um etwas Fressbares aufzutreiben. Doch sie war nie wieder gekommen. Vielleicht hatte sie der Hundefänger erwischt oder auch der Jäger. Niemand wusste das so genau. Von diesem Tag an waren die Welpen auf sich allein gestellt. Eigentlich schlugen sie sich recht wacker. Die Jagd schien ihnen im Blut zu liegen, obwohl sie nie genug erbeuteten um wirklich satt zu werden, aber es reichte um zu Überleben. Bis der Jäger sie erwischte.

An diesem Tag waren sie alle zusammen durch den Wald gestreift, und doch war sie die einzige, die überlebte. Das lag wohl daran, dass sie als einzige ihres Wurfes kein helles, sondern ein schwarzes Fell hatte. Auch wenn die Menschen Hunde mit schwarzem Fell nicht haben wollen, so war es doch genau das, was sie rettete. Der

Jäger hatte sie schlicht und ergreifend nicht gesehen. Sie waren gerade über die Wiese im Wald gestreift, Ausschau haltend nach etwas Jagdbarem, irgendetwas, das ihren Hunger für einige Stunden stillen würde. Hasen hatten sie bis jetzt nur aus der Ferne gesehen. Sie waren einfach zu schnell. Oder das kleine Rudel noch zu unkoordiniert. Einmal hätten sie es beinahe geschafft ein Rehkitz zu reißen. Das hätte einen vollen Magen für alle bedeutet, doch da war die Mutter in die Quere gekommen, die es schaffte die Hunde mit scharfen Huftritten zu vertreiben. Hätte man diesem zarten Tier gar nicht zugetraut, mit einer solchen Wut zutreten zu können. Winselnd hatten sich die jungen Hunde ins Unterholz geschlichen. Doch mit der Zeit würden sie sich nicht mehr winselnd verkriechen müssen, würden sie sich nicht mehr vor den Huftritten in Sicherheit bringen müssen, denn dann würden sie gemeinsam angreifen. Doch so weit sollte es nicht kommen.

Sie hatten ihn natürlich schon öfter gesehen, den Jäger, wobei sie wohlweislich darauf achteten nicht selbst gesehen zu werden. Der kam mit dem Auto in den Wald, setzte sich auf den Hochstand, so dass er einen guten Überblick hatte und ab und zu ertönte ein ohrenbetäubendes Geräusch. Dann stieg er herunter und packte das Wildschwein oder den Hirsch oder das Reh oder auch nur einen Fasan ein und fuhr damit davon. Niemals hätten die Hunde gesehen, dass er das Tier fraß. Was machte er dann damit? Und warum war es eigentlich nicht möglich die Beute aufzuteilen. Ein paar Tiere für den Jäger, ein paar Tiere für den Räuber. Es wären doch alle satt geworden. Aber vielleicht – und das bedachten junge Hunde natürlich nicht, zumal wenn sie selbst hungrig waren – brachte er seine Beute zu seinem Rudel, damit dieses satt würde. Was sollten die Hunde auch über die Menschen wissen, war doch der Jäger der einzige Mensch, den sie bisher zu Gesicht bekommen hatten.

Doch dann kam der Tag, da waren sie wohl unvorsichtig gewesen, hatten nicht darauf geachtet, dass sich das Auto näherte. Wahrscheinlich weil ihr Magen lauter knurrte als der Motor. Ein paar Schüsse und all ihre Brüder und Schwestern waren tot. Dabei machte sich der Jäger noch nicht einmal die Mühe sie mitzunehmen. Er ließ sie einfach liegen in ihrem Blut. Nur die eine schwarze Hündin war entkommen. So schnell wie ihre Beine sie trugen rannte sie davon und versteckte sich, dort, wo der Wald am dichtesten war. Vor lauter Verzweiflung schlief sie ein, bis sie der Hunger wieder weckte. Es war an der Zeit sich aufzumachen, um etwas Essbares zu suchen. Vielleicht könnte sie das versuchen, was sie und ihre Geschwister, als sie noch lebten, bis jetzt vermieden hatten, in die Siedlung der Menschen einzudringen. Aber die junge Hündin hatte nur mehr die Wahl diese Grenze zu überschreiten oder zu verhungern. Schlimmer konnte es auch bei den Menschen nicht sein.

So ließ die kleine schwarze Hündin also ihr Versteck hinter sich und lief bis zum Waldrand, dorthin, wo die ersten Gärten an den Wald grenzten. Es war noch früh am Morgen und der Morgennebel, der das Hereinbrechen des Herbstes begleitete, hing noch tief, während sich die Sonne alle Mühe gab ihn zu durchdringen. Mit gespitzten Ohren, die Nase in der Luft stand die Hündin still und versuchte eine potentielle Gefahrenquelle zu erkennen. Doch alles war ruhig in dem kleinen Ort. Die Menschen schliefen in ihren Betten. Es war noch nicht an der Zeit das Tagwerk zu beginnen. Die Gärten, die an den Wald grenzten, hatten keinen Zaun. Die Menschen, die dort wohnten, hatten es offenbar nicht für notwendig befunden, bis auf ein Grundstück. Vorsichtig und aufmerksam lief nun die Hündin an den offenen Gärten entlang, als ihr plötzlich ein äußerst angenehmer Duft in die Nase stieg. Diesem folgte sie nun, bis sie dessen Ausgangspunkt erreichte. Da war, inmitten eines Gartens, ein großer, eingezäunter Bereich. Was die Menschen dort wohl untergebracht hatten? Eine unnütze Frage, denn die Hündin, wiewohl noch jung, wusste sehr genau, was sich darin befand, und es war essbar. Auf ihre Nase konnte sie sich 100%ig verlassen, und die sagte ihr, dass es sich um leckere Kaninchen handelte. Nun hatte sie sich bereits bis zu dem abgezäunten Viereck vorgearbeitet, in dessen Umzäunung sie auch tatsächlich ein kleines Loch fand. Vorsichtig erweiterte sie es, grub auch ein wenig, und schon schlüpfte sie hinein. Wenige Minuten später kroch sie mit ihrem ersten selbsterlegten Kaninchen wieder durch den Zaun hinaus. Es war gar nicht schwierig gewesen. Die Kaninchen schienen vor Schreck wie gelähmt, als sie ihrer ansichtig wurden. Die meisten zumindest. Einer von ihnen war sogar so dreist gewesen, auf die Hündin zuzulaufen, als wollte er sie begrüßen. Ohne Argwohn war er, und blieb es auch, denn die hungrige Hündin hatte ihm mit einem einzigen, wohlgesetzten Biss die Wirbelsäule durchtrennt. Schlaff lag er vor ihr, so dass sie ihn nur noch ins Maul nehmen und durch das Loch zu bugsieren brauchte. So schnell sie konnte lief sie mit ihrer Beute in ihr Versteck, in dem sie sie in Windeseile verschlang. Und wenn sie sich schüttelte, dann flogen links und rechts die Haare davon. Sie fraß bis kein Zipfelchen mehr übrig war. Dann verkroch sie sich wieder, satt und zufrieden. Irgendwo hatte ein Hofhund angeschlagen, als sie davongelaufen war, die Beute fest im Maul haltend. Aber sie hatte nicht weiters darauf geachtet.

Und während die Hündin in ihrem Versteck schlief, saß ein kleines Mädchen in dem Verschlag, aus dem sie sich gerade ein Kaninchen gcholt hattc, und vergoss bittere Tränen über den Verlust seines Haustieres. Selbst wenn die Hündin es gewusst hätte, es hätte sie wohl wenig gerührt, denn der Tod des Hasen bedeutete für sie Leben. Zumindest für eine Weile war sie satt, bevor sie sich aufs Neue auf den Weg machen musste um den Tod zu bringen.

* * *

Nur ein aggressiver Hund ist ein guter Hund

Fünf Erbsen aus der Schote gedrückt fielen in die Hand des kleinen Jungen, der sie in seine Büchse füllte und in die Welt hinausschoss. Es war ihm ziemlich egal wohin sie fielen, so lange er etwas hatte, was er in seine Büchse füllen konnte um es dann wegzuschießen. Es waren noch so viele Erbsenschoten am Strauch, und wenn er Glück hatte, so gingen einige dieser Erbsen auf, dort wo er sie hingeschossen hatte, so dass er in einem Jahr noch viel Erbsen haben würde. Von diesem Strauch durfte er auch nur gerade so viele nehmen, dass es der Mutter nicht auffiele. Sonst würde er bestraft werden. So lange sie es nicht merkte und niemand etwas wusste, war es auch egal. Doch die zukünftigen Schoten, die wild irgendwo im Garten aufgehen würden, die wären seine ganz allein. Niemandem würde er es verraten. Er dachte bereits an seine zukünftige Ausbeute, als die fünf Erbsen aus seiner Büchse noch flogen. Eine war auf das Fensterbrett gefallen, eine auf saftige, fette Erde und eine fiel in ein Gestrüpp, aus dem sie sich wohl nie mehr befreien würde können.

* * *

Herkules wurde der kleine Hund von seinem Besitzer genannt, wohl um ihm klar zu machen, dass es nur eines in seinem Leben gab, was zählte, Kampfbereitschaft. Herkules als Namensgeber, der schonungslos gegen seine Feinde vorgegangen war. Wahrscheinlich hatte der Besitzer nicht übermäßig viel Ahnung im Bezug auf griechische Mythologie. Dafür hatte er desto mehr Ahnung von Hunden. Zwar auch nur in einem eingeschränkten Bereich, aber das störte ihn nicht. Für ihn genügte es, denn er wusste ganz genau wie man aus einem Kuscheltier ein Raubtier machte. In seinen Augen verlief der Vorgang natürlich ganz anders. Der Hund an sich war von Natur aus ein Raubtier. Schließlich stammte er vom Wolf ab, einer überaus erfolgreichen Rasse, denn sonst hätte sie sich nicht so lange auf unserem Planeten gehalten. Zumindest auf freier Wildbahn, auf der nur die Stärksten durchkamen. Bei seinen Hunden machte er nichts anderes, als dieses Tier als Raubtier sein zu lassen. Wo andere alles taten dem Hund Aggressionen abzuerziehen, ja wenn möglich erst gar nicht aufkommen zu lassen, machte er genau das Gegenteil. Er unterstützte diese aggressive Seite. Er war überzeugt davon, dass das im Sinne der Hunde war, deren eigentliches Naturell er nur ein wenig mehr zur Geltung bringen wollte. Verächtlich sah er auf alles herab, was süß wedelte und den Menschen das Maul abschleckte.

„Verweichlichte Speichellecker", nannte er sie verächtlich. Seine Hunde hingegen waren richtige Hunde, kampferprobte Tiere. Vielleicht, dass er diese Seite einfach nur ein wenig unterstützte. Natürlich kamen für ihn nur Rüden in Frage, denn das Testosteron, das ihnen eigen war, unterstützte seine Bemühungen auf ganz natürliche Weise. Mit seinen letzten beiden Hunden hatte er Pech gehabt. Gleich beim ersten Kampf waren sie unterlegen und in Fetzen gerissen worden.

„Feige Memmen! Winselnde, kleine Mädchen!", war sein Kommentar, mit dem er seinen Abgang quittierte, und seine Hunde in ihrem Blut verrecken ließ. Doch aufgeben war nicht seine Sache. Denn erstens hatte er einen Ruf zu verlieren, der ihn bis vor diesen beiden Fehlgriffen, als einen der besten Kampfhundetrainer auswies. Ein Fehlgriff, das wäre wohl noch hingegangen, aber seit er zwei Mal daneben gegriffen hatte, stand seine Karriere auf sehr wackeligen Beinen. Was hatte er nicht für Erfolge verzeichnet. Mindestens fünfzehn Hunde hatte er gehabt und in die Kampfarena geschickt, die ihre Gegner als jammernde, winselnde Waschlappen zurückließen. Niemals war es umgekehrt. Und als dann noch sein alter Kumpel und auch Besitzer des diesjährigen ungeschlagenen Champions jovial auf ihn zukam, ihm gönnerhaft auf die Schulter klopfte und meinte: „Mach Dir nichts draus. Jeder kann mal daneben greifen", da war das Maß voll. Seine Antwort auf diese Blamage sollte Herkules sein.

Herkules, das war ein wahres Prachtexemplar eines American Staffordshire Terriers mit seinem glänzenden, makellosen schwarzen Fell. Schwarz wie die Nacht, pflegte er zu sagen. Und unter diesem Fell war ein kraftstrotzendes

Muskelpaket verborgen. Der ganze Hundekörper schien aus nichts als aus Muskeln zu bestehen. Wenn man sich ihm näherte, fletschte er bereits die Zähne. Nur leicht zunächst, doch das genügte um seinen Besitzer davon zu überzeugen, dass er bis jetzt ganze Arbeit geleistet hatte. So viel zumindest wie möglich war innerhalb der paar Wochen, die er erst bei ihm wohnte. Doch er wusste auch, dass selbst die besten Veranlagungen einen nicht dazu verführen durften zu hudeln, denn das könnte den besten Hund kaputt machen. Jeden Tag, seit seinem dritten Lebensmonat, trainierte er mit Herkules. Zu Anfang in ganz kleinen Dosen. Homöopathischen Dosen, wie man heute so gerne sagt.

Zuerst gewöhnte er ihm ab mit dem Schwanz zu wedeln. Wenn jemand kam, dann musste Herkules die Situation im Griff haben, ohne Rührseligkeit oder sonstigem emotionalen Quatsch. Das Herumgehopse war das nächste, was seinen Erziehungsmethoden zum Opfer fiel. Sehr schnell begriff Herkules, schneller als jeder andere Hund, den er je trainiert hatte, dass es bei ihm keinen Sinn hatte ihm auf lieb und nett zu kommen. Dennoch zeigte er seinem Herkules bei jedem Versuch sich seinerseits gegen ihn zu behaupten, ja auch nur beim Anflug eines Versuches, dass es noch jemanden gab, der über ihm stand, der ihm befehlen durfte und musste, und auf dessen Befehl er blindlings zu reagieren hatte, selbst wenn es den eigenen Tod bedeuten sollte. Wie Gottvater Zeus persönlich fühlte er sich in diesen Situationen, und das tat seinem Ego gut.

Als Herkules mit gerade mal sechs Monaten seine erste Katze tot biss wusste sein Besitzer, er war auf einem guten Weg. Und Herkules gefiel sich darin Zeus zu gefallen. Sie waren ein Traumpaar. Auf seinen Instinkt konnte er sich eben immer verlassen, doch um eine wirklich blutrünstige Bestie aus ihm zu machen, würde es dennoch noch einiger Arbeit bedürfen.

* * *

Wahre Treue

Fünf Erbsen in einer Schote, die nicht wussten was mit ihnen geschehen würde, als der Junge sie pflückte. Es war völlig willkürlich. Da war kein Gott und kein Dämon, der es bestimmte.

Einfach eine Schote. Fünf Erbsen darin. Es hätten auch vier oder sechs sein können. Es hätten wohlgeformte oder verschrumpelte sein können. Es hätte alles sein können.

Der Junge ließ die Schote, in der sich die fünf Erbsen befanden, aufspringen. Dann nahm er sie heraus. Mit größter Vorsicht nahm er sie heraus. Dann lagen sie in seiner Hand. Er allein hatte es in der Hand, was mit ihnen geschah. Er allein war in diesem Moment Herr über das Leben, und wenn es nur das von fünf kleinen Erbsen waren. Mehr von ihnen hätten einen Menschen oder ein Tier satt machen können. Mehr von ihnen hätten den Unterschied zwischen Leben und Tod ausmachen können, aber es waren nur fünf, fünf kleine Erbsen. Dennoch nahm der Junge sie mit Bedacht, denn es machte für ihn sehr wohl einen Unterschied, ob sie wohlgerundet oder missraten waren. Er betrachtete sie, wie sie da in seiner Hand lagen, prüfte sie auf ihre Tauglichkeit. Nachdem er sie für gut befunden hatte, stopfte er sie in seine kleine Spielzeugpistole.

Fünf junge Hunde, aus einem Leib geboren, hineingeworfen in die Welt. Niemand konnte etwas dafür. Sie selbst am allerwenigsten. Fünf Hunde, fünf Schicksale, die verschiedener nicht sein konnten, und doch gab es etwas, was sie verband, was alles Leben miteinander verbindet. Es war die Willkür des ins Leben gesetzt seins. Es macht sehr wohl einen Unterschied in welchem Land und bei welchen Menschen sie geboren wurden, doch dass sie gerade dort ankamen wo sie ankamen, dafür konnten sie nichts. Sie hatten keine Schuld und auch kein Verdienst daran. Es geschah so wie es eben geschah. Hineingeworfen in eine Welt, die alles andere als gleiche Voraussetzungen für alle bietet. Und wenn das Schrotgewehr abgefeuert wird, dann streuen die einzelnen Kugeln überall hin. Niemand weiß wo sie landen.

* * *

Freya hatte er seine Hündin genannt. Freya, die Göttin der Liebe aus der nordischen Mythologie, denn was er von seinen Hunden verlangte war nicht viel. Eigentlich nur das Eine, unbedingten, blinden Gehorsam, wenn es sein musste, bis in den Tod. Keinen Moment würde sie zögern dürfen, wenn sich ihr ein Wildschwein oder ein

Hirsch stellte und nicht einfach klein beigab. Doch es lag alleine an ihm und seinen Erziehungskünsten ob sie diesen Gehorsam zeigen würde oder nicht. Seit ein paar Wochen war sie nun bei ihm, und seit dem Tag ihrer Ankunft hatte er auf dieses Ziel hingearbeitet. Auch wenn sie noch sehr jung war, hatte sie doch schon große Fortschritte gemacht. Man durfte natürlich nicht erwarten, dass eine Weimaraner-Hündin in einem Alter von wenigen Monaten schon genau so viel konnte wie ein voll ausgebildeter Jagdhund, aber er würde sie noch so weit bringen. Er konnte schon jetzt zu Recht stolz auf sich sein, auch wenn er sich durchaus bewusst war, dass noch sehr viel Arbeit vor ihm lag. Natürlich war diese Hündin eine, die zur Jagd geboren war. Mit jedem anderen Hund hätte er nichts anfangen können, denn schließlich hielt er sich seine Hunde nicht zum Spaß, sondern um einen Begleiter auf der Pirsch zu haben. Sein letzter Hund war von einem Keiler aufgespießt worden, doch dieser Hund hatte den übermächtigen Feind bis zum letzten Atemzug attackiert. So stellte sich dieser Jäger Gehorsam vor. Alles andere war uninteressant.

Wenn die Leute eine Freizeitbeschäftigung brauchten, dann sollten sie Ball spielen oder sonst irgend etwas, aber nicht mit völlig unerzogenen Hunden durch den Wald streunen und ihm das Wild verjagen. Am besten noch in der Morgen- oder Abenddämmerung. Letztens war ihm erst wieder einer untergekommen, einer dieser Spaziergänger und Möchte-Gern-Hundehalter. Er saß, um sechs Uhr in der Früh am Hochstand und wartete auf den Hirsch. Ein paar Mal hatte er ihn bereits gesehen, dieses Prachtexemplar eines Rotwildes. Stolz trug er sein Geweih, hoch erhobenen Hauptes. Zwölf Enden hatte er gezählt, doch jedes Mal hatte ihn etwas erschreckt, so dass er nicht weit genug auf die Lichtung hervorgetreten war um ihn schießen zu können. Doch an diesem Morgen um sechs, da trat er gemächlich und souverän aus dem Unterholz hervor. Kurz noch hatte der Jäger ihn betrachtet.

„Was für ein stattliches Tier, und dann das Geweih", hatte er sich noch gedacht, während er die Flinte in Anschlag brachte, „Wie gut wird sich das in meiner Bauernstube an der Wand machen!" Er hatte keine Eile. Nichts und niemand würde ihn mehr aufhalten. Sicher lag die Waffe in seiner Hand. Der Blick ging durch das Zielfernrohr, während er den mächtigen Körper nach der Stelle absuchte, die er treffen wollte. Genau ins Herz. Ein Blattschuss. Verwundert würde der Hirsch nochmals aufsehen und dann lautlos umfallen. Rotwild stirbt lautlos. So wie ein Schaf.

Da spitzte der Hirsch plötzlich die Ohren und im nächsten Moment war er verschwunden, denn wenige Meter entfernt war ein Spaziergänger aufgetaucht, neben ihm ein windiger Mischling. Verdattert sah der Jäger an die leere Stelle, an dem gerade eben noch seine Trophäe gestanden hatte. Wo war sie hingekommen? Dann endlich vernahm auch er ein Geräusch. Er wandte sich um, in die Richtung, aus der das Geräusch gekommen war, so wie er war, die Waffe im Anschlag. Sein Finger zitterte. Ein markerschütterndes Geräusch zerriss den morgendlichen Waldfrieden und die Promenadenmischung an der Seite des Eindringlings war plötzlich ganz still. Sterben Hunde auch lautlos? Er wusste es nicht.

„Verdammt, jetzt macht der mir sicher Schwierigkeiten wegen seinem Köter!", dachte der Jäger, als er vom Hochstand herunterstieg und dem Spaziergänger, der emotional ein wenig aus dem Gleichgewicht geraten schien, erklärte, dass er nun mal keinen Hund ohne Leine herumlaufen lassen dürfe. Er hätte ihn schießen müssen, weil er gewildert hatte und niemand in der Nähe war. Der Spaziergänger behauptete zwar, dass er ihn an der Leine gehabt hatte, aber da stand doch wohl sein Wort gegen das eines erfahrenen Jägers. Was hatte der auch um die Zeit im Wald verloren.

Wenn es nach ihm ginge, und mit dieser Meinung stand er in Jägerkreisen keineswegs alleine da, hatte außer den Jägern, den Förstern und den Waldarbeitern überhaupt niemand im Wald was verloren. Was für eine idiotische Einstellung einfach jeden hereinzulassen, der gerade lustig war, ohne zeitliche oder räumliche Einschränkung, denn die Jäger verrichteten immerhin einen wichtigen Beitrag für das Wohl der Gesellschaft. Wie sollten sie ihrem Auftrag ordnungsgemäß nachkommen können, wenn ihnen ständig wer ins Handwerk pfuschte.

So träumte er von einem Wald, der nur seiner Zunft alleine gehörte, ohne Störungen von außen. Sollten sie sich ihr Erholungsgebiet doch woanders suchen, und die öffentliche Meinung, die war ihm ziemlich egal, so lange er ungestört seiner Lieblingsbeschäftigung nachgehen konnte. Den Jägern alleine war es zu verdanken, dass das Schwarzwild nicht überhand nahm und sämtliche Felder abfraß. Darüber hinaus schützten sie durch die Dezimierung des Rotwildes den Baumbestand, der ansonsten abgefressen werden würde, und durch das Zufüttern schützten sie das Rotwild vor dem Hungertod, damit es sich im Frühjahr wieder ungestört vermehren konnte und die Jäger im Herbst wieder die Bäume vor Baumfraß schützen konnten. Außerdem gäbe es keinen einzigen Vogel mehr im Wald, würden nicht die Jäger die streunenden Katzen schießen, die sämtliche Gelege ausfraßen und kleine Singvögel fingen. Und dann erst der Fuchs. Die gesamte Menschheit wäre schon elend am Fuchsbandwurm verendet, wenn die Füchse nicht regelmäßig dezimiert werden würden. Nicht zu reden von Wolf und Bär, die erfolgreich ausgerottet worden waren.

So waren es ausschließlich die Jäger, die dafür sorgten, dass im Wald ein natürliches

Gleichgewischt herrschte. Nicht zu vergessen darf das wunderbare Naturerlebnis, dem der Jäger nachjagt, zumal, wenn er mindestens ein Promille Alkohol im Blut hat. Trotz all dieser Wohltaten, die die Jäger der Gesellschaft erwiesen, wurden sie dennoch ständig denunziert und angefeindet, doch er ließ sich davon nicht verunsichern. Und seine Hündin, seine Freya, würde ihm bedingungslos gehorchen, wenn er sie erst entsprechend erzogen haben würde.

An diesem Tag war es so weit, dass sie ihr erstes Erziehungshalsband erhielt. Das legte er ihr aber erst um, wenn es niemand sah, denn immer noch sollte es Leute geben, die meinten, es sei inhuman, aber es gab nun mal keinen anderen Weg einen Hund richtig zu erziehen als mit Hilfe eines Halsbandes, das mit kleinen, feinen Spitzen besetzt war.

II. Der Beginn

Überall auf dieser Welt wächst Leben heran, in Leibern, in Eiern. In Menschen, in Hunden, in Kühen, in Schafen, auch in Hühnern, nur, dass es außerhalb ihres Leibes zur Reife kommt, doch immer durch die Wärme. Wärme des Leibes, innerhalb oder außerhalb, Wärme der Sonne, Wärme der Erde. Überall auf dieser Welt ersteht neues Leben, einmalig und unwiederbringlich, unvergleichlich und unverkäuflich, unverhandelbar, und doch machen wir Leben zum Handelsgut. Ob nun im Mutterleib oder außerhalb. Es wird zur Ware, auch beim Menschen. Abstraktum. So oft ungesehen. Aber auch ungewollt. Doch auch wenn es sich seiner selbst nicht bewusst ist, so drängt es doch ins Leben. Es weiß nicht was ihm bevorsteht, auch nicht es selbst. Es drängt ins Leben. Nichts weiter.

* * *

Zu Hause und doch heimatlos

Es war einmal eine Erbsenschote, in der fünf Erbsen heranreiften. Von der Sonne beschienen.

Vom Regen bewässert. Es war ein guter Platz um zu leben und zu wachsen für die Erbsenpflanze. Zuerst war es wohl ein Samenkorn. Dann keimte der erste Trieb, Blätter entfalteten sich, und Blüten. Die Blüten starben ab und die Schoten kamen. Die Schote ist der Schutz für die Erbsen, in der sie heranreifen können bis die Schote aufplatzt und sie ins Leben entlässt. Niemand weiß was ihnen bevorsteht, auch nicht sie selbst.

* * *

Eine namenlose Hündin innerhalb eines Rudels namenloser Hunde. Haushunde oder besser gesagt, Hofhunde, denn sie durften niemals ins Haus. Sie hatten keinen Namen. Vielleicht der erste oder der zweite. Aber dann wurden es mehr, denn wie jedes Lebewesen drängen auch Hunde danach sich zu vermehren. Sie fragen nicht. Sie folgen ihrem Instinkt. Und so gab es die Besitzerin irgendwann auf ihnen Namen zu geben. Es wurden immer mehr und sie duldete sie, in ihrem Hof und in ihrem Garten, doch niemals in ihrem Haus.

Ab und zu verschwand wohl einer, doch es waren so viele, dass es nicht auffiel. Eines Tages waren sie da. Eines Tages waren sie nicht mehr da. Es war eben so. Kein Grund sich weiter darum zu bekümmern. Wenn es der Besitzerin einfiel, dann stellte sie ihnen etwas zum Fressen hin, immer nur im Hof, weitab vom Haus, das sie niemals betreten durften. Im Winter konnten sie in der Scheune unterkriechen um sich vor der schlimmsten Kälte zu schützen. Wer diese nicht überlebte, der war nun mal nicht stark genug für eine Welt, in der nur die Starken eine Lebensberechtigung haben. Wurde einer krank oder verletzte sich, dann starb er. So ist es in der Natur. Das Kranke und Sieche mitzuschleppen bedeutet nur Ressourcenvergeudung. Bei Tieren darf man das sagen. Bei Menschen nicht. Auch wenn es manche denken.

Es ist ein verführerischer Gedanke in einer Welt, in der die Ressourcen knapp werden, sie denen zu geben, die die besten Chancen haben zu überleben und Leistung zu erbringen, auch wenn man sie damit denen vorenthalten muss, an die sie eh bloß verschwendet wären. In der Natur regelt sich das von selbst.

Wenn die Besitzerin daran dachte den Hunden in ihrem Hof Futter hinzustellen, dann stürzte sich die Meute darauf. Es ergatterten nur diejenigen etwas davon, die sich im Kampf darum durchsetzten. Wer zu jung oder zu schwach war bekam nichts ab. Was sie sonst noch zum Leben brauchten, das holten sie sich aus dem Wald. Die besten Jäger überlebten oder mussten zumindest weniger hungern. Die, die schnell waren, gerissen und stark. Von allem Anfang an war es ein Kampf auf Leben und Tod. Sie kannten es nicht anders. Sie würden es nicht anders kennen.

Eine namenlose Hündin war trächtig. Auch das kümmerte niemanden. Eines Tages war es so weit und die Welpen drängten darauf geboren zu werden. Die Hündin zog sich zurück, denn sie war eine erfahrene Hündin und dies nicht ihr erster Wurf. Sie musste die Kleinen vor Gefahren schützen, denn zunächst waren sie blind und völlig hilflos. Die größte Gefahr bildeten ihre eigenen Artgenossen. Und so brachte sie ihre Jungen zur Welt, in einem entlegenen Winkel des Gartens, gut versteckt vor den Augen, Ohren und Nasen der anderen Mitglieder des Rudels. Dennoch blieb sie wachsam. Einsam gebar sie sieben Welpen, drei Hündinnen und vier Rüden. Sobald sich ihre kleinen Leiber aus dem der Mutter geschoben hatten, begann die Hündin ihren Nachwuchs sauber und trocken zu lecken. Es war März und die Nächte noch immer kühl, die Gefahr groß, dass sie an Unterkühlung starben. Trotz allen Einsatzes überlebten nur fünf der Jungen. Drei Hündinnen und zwei Rüden. Drei Hündinnen, die ein Jahr später ihrerseits in einem versteckten Winkel ihre Welpen bekommen würden. So ging es immer weiter. So beginnt es immer von vorne.

Neues Leben wird geboren, doch immer Hand in Hand mit dem Tod. Niemals gibt es eine Garantie, dass die Jungen die Geburt überleben, ja, dass sie überhaupt noch leben, wenn sie aus dem Mutterleib kommen. Und selbst, wenn sie die Geburt heil überstehen, so ist ihr Leben immer noch gefährdet. So lange sie leben, vom allerersten Moment an, ist es durch den Tod bedroht. Alles Leben ist in jedem Moment vom Tod bedroht. Und trotz dieser Bedrohung bleibt das Leben wirkmächtig und drängt dazu gelebt zu werden.

Eine namenlose Hündin lag in ihrem Versteck. Fünf Welpen, blind, und hilflos, doch warm und trocken, suchten sich ihren Weg zu den Zitzen, an denen sie begierig zu saugen begannen. Zwei folgten ihnen nicht. Sie waren tot. Da war nichts mehr zu machen. Die Hündin fraß sie auf. Es war eine pragmatische Lösung, denn der Geruch nach Tod und Verwesung hätte die anderen Hunde des Rudels angelockt, so dass auch für die überlebenden Jungen immer noch die Gefahr bestand todgebissen zu werden. Sie fraß die Toten um die Lebenden zu schützen.

In den nächsten Tagen tat sie nichts als ihre Jungen zu säugen und sie zu schützen. Nicht einen Moment bewegte sie sich von ihnen weg, nicht einmal um zu fressen. Höchstens um ihre Notdurft zu verrichten. Immer bereit sie zu verteidigen, auch unter Einsatz ihres eigenen Lebens. Es geschah, irgendwo in einem Hinterhof mitten in Rumänien. Da, wo man sich nicht allzu viele Gedanken macht. Niemand wusste es, und es gab auch niemanden, der es wissen wollte. Viel zu alltäglich. Viel zu unbedeutend, doch für die namenlose Hündin waren diese fünf überlebenden Welpen für einige Tage, die es notwendig war, die ganze Welt. Und auch die Welpen hatten keine Namen.

***

Wohlbehütet

Der Same, der in die Erde fällt, wächst, weil er keine andere Wahl hat. Er tut es nicht, weil er eine Entscheidung treffen würde, sondern weil er es in sich trägt. So wie jedes Leben danach trachtet sich auszubreiten, zu vermehren und in irgendeiner Weise zu bleiben. Es geht nicht um das einzelne Individuum. Das spielt keine Rolle, sondern nur die Art, der kollektive Bestand zählt. Und da ist der eine Same, der auf ein Stück Erde fällt, die bereitet wurde, vorbereitet. Optimale Bedingungen. Begraben im Erdreich, das voller Nährstoffe ist, so dass die Pflanze sich entfalte, prall und üppig, um ihr noch die letzten Reserven zu entlocken. Gehegt und gepflegt von Anfang an. Nicht nur, dass rund um sie nichts wachsten durfte, was ihre Entfaltung hindern könnte, sie wurde noch gespeist, denn es ging um nichts als um den Ertrag. Zu Anfang.

***

Eine namenlose Hündin lag erschöpft in ihrem Versteck, im März, mitten in Rumänien, während sich dieses Schauspiel wohl tausendfach überall auf der Welt zutrug, gewollt oder ungewollt, gesehen oder ungesehen, aber auch wenige hundert Meter weiter in einem großen, sauberen Haus, in dem die Hunde Haushunde waren und nicht Hofhunde, denn sie waren im Haus erwünscht. Und sie hatten Namen. Bella, Leila und Levanda hießen die drei Hündinnen. Nicht nur, dass sie ins Haus hinein durften, jede der drei Hündinnen hatte auch ihren eigenen Schlafplatz, ihre Futterschüssel und ihren Wassernapf. Sie waren mit ihren Namen beschriftet. Unter ihrer Haut war ein Chip, denn es waren nicht irgendwelche Hündinnen, sondern die schönsten ihrer Gattung und Rasse.

Mehrfach waren sie dafür auf diversen Ausstellungen ausgezeichnet worden. Die stolze Besitzerin durfte drei Champions ihr Eigen nennen. Ebenso handverlesen wie das Futter, das sie bekamen, waren auch die Rüden, die sie decken durften. Der Stammbaum musste stimmen, der Charakter und die Färbung bis zur Schwanzspitze. Genau im Maß musste er sein, denn nur so konnte gewährleistet werden, dass auch der Nachwuchs all den hohen Anforderungen entsprechen konnte.

In diesem Jahr war Levanda gedeckt worden, und während die namenlose Hündin im Abseits in ihrem Versteck lag, erschöpft und ausgelaugt, doch immer kampfbereit, lag Levanda mit ihren Welpen in der Wurfkiste, die eigens dafür angefertigt worden war, abgeschottet von allen äußeren Einflüssen. Diese Trächtigkeit war nicht nur gewollt, sie war bewusst herbeigeführt worden. Genauestens wurde sie überwacht. Ultraschallaufnahmen wurden gemacht und das Wachstum der Welpen in ihrem Bauch kontrolliert. Entspannt lag Levanda am Untersuchungstisch und ließ es mit sich geschehen. Sie war es gewohnt. Auch das Umsorgt-werden und die Beachtung, die sie erhielt. Und als der Zeitpunkt ihrer Niederkunft gekommen war, da war auch ihr Frauchen an ihrer Seite, unterstützte sie nach Kräften, so dass bereits wenige Stunden später acht gesunde Welpen an ihren Zitzen hingen, blind und tapsig, aber wohlauf.

Diese Welpen waren für ein Leben im Trockenen und Warmen vorgesehen. Sie sollten die Sonnenseite bewohnen. Alles andere gab es nicht, denn die im Schatten sind, die sieht man nicht.

Innerhalb kürzester Zeit hatte sich Levanda von den Anstrengungen der Geburt erholt, denn sie wurde entsprechend genährt. Sie konnte sich voll und ganz auf die Aufzucht ihrer Jungen konzentrieren. Es gab nichts sonst. Die Tierärztin kam und untersuchte die Kleinen. Auch das ließ die Mutter zu, denn sie wusste, von den Menschen ging nichts Böses aus. Ganz im Gegenteil, diese Wesen waren allein dafür auf der Welt ihr zu gefallen, sie zu versorgen und ihr ein Dach über dem Kopf zu bieten. Alles, was sie im Gegenzug wollten war, dass sie sich ab und zu im Ring präsentierte und Junge bekam. Das hielt sie für eine äußerst faire Übereinkunft. Sie wusste nichts von der Sorge der namenlosen Hündin, denn sie hatte keine Sorgen. Sie wusste nichts um den Umstand sich sein Futter selbst suchen und die Jungen schützen zu müssen, denn dort draußen, in der Welt der namenlosen Hündin, da gab es viele Gefahren für kleine, blinde, tapsige Welpen. Doch diese waren draußen vor der Türe. Niemand ließ sie herein.

Träge reckte sich Levanda in der Wurfkiste und schloss die Augen. Die Kleinen hatten sich sattgetrunken und schliefen ebenfalls. Da war nichts, was ihre Ruhe hätte stören können. Es ist gut, die Augen zumachen zu können und zu wissen, dass der Schlaf nicht gestört würde. Ab und an kamen Besucher um sich ihre Welpen anzusehen. Es war nichts Besonderes und vermochte auch ihre Ruhe nicht zu stören. Alles war, wie es sein sollte. In den ersten Tagen wich sie nicht von ihrer Seite. Vielleicht, dass sie kurz in den Garten ging um ihre Notdurft zu verrichten. Es war auch nicht mehr nötig, denn ihr wurde alles gebracht. Serviert auf dem Silbertablett. Im wahrsten Sinne des Wortes, denn nichts ist zu gut für einen Champion. Schlafen, fressen und säugen. Mehr hatte sie nicht zu tun. Mehr wurde von ihr nicht erwartet. Bald würden sich die Augen der Welpen öffnen und sie würden anfangen zu laufen, die Kleinen, die sich bis jetzt nur robbend vorwärtsbewegen konnten, sie würden anfangen die Welt zu entdecken, und mit jedem Tag, da die Welpen selbständiger wurden, gewann auch Levanda ihre Freiheit Stück für Stück wieder. Immer öfter verließ sie die Wurfkiste, immer länger wurde die Zeit ihrer Abwesenheit. Wenige

Wochen dauerte dieses Gastspiel. Dann wurden sie entwöhnt und fraßen selbständig. Und als die Mutter befand, dass es an der Zeit war für die Kleinen ein gänzlich eigenständiges Leben zu führen, biss sie sie weg, wenn sie ankamen und spielen wollten. Es berührte sie nicht, dass ihr ihre Jungen das Maul abschleckten. Es berührte sie nicht, dass sie ihr hinterherliefen. Es war Zeit geworden. Denn das Leben forderte sie ein.

Nach und nach kamen dann die Menschen und nahmen die Welpen mit, bis zuletzt nur mehr Lana da war. Langsam begann sich die Züchterin schon Sorgen zu machen. Alle Welpen waren perfekt und würden sich auch für die Zucht eignen. Ja, Levanda hatte ihre Aufgabe sehr gut erfüllt, war ihrem Rang und Status gerecht geworden. Nur Lana bereitete ihr Kummer, denn sie war kleiner und stiller als ihre Geschwister. Auch die Färbung ihres Felles war nicht tadellos. Es könnte durchaus passieren, dass sie keinen Abnehmer für die kleine Hündin finden würde. Alle, die da waren hatten nur die Geschwister gesehen, doch Lana wurde von niemandem beachtet. Auch für die Zucht konnte sie die Züchterin nicht gebrauchen, denn sie war eben nicht perfekt und würde wohl auch nie den vorgegebenen Rassestandards entsprechen. Kopfschüttelnd nahm es die Züchterin zur Kenntnis, als es abermals an ihrer Türe klingelte und die kleine Julia mit ihrem Vater vor der Tür stand. Sie wollten einen Hund, meinten sie, und die Züchterin bat sie einzutreten. Allerdings hatte sie wenig Hoffnung, dass es ihr gelingen würde diese kleine Hündin loszuwerden, nicht einmal an so hundeunerfahrene Menschen, wie es diese offenbar waren. Doch dann geschah etwas, was die Züchterin niemals für möglich gehalten hatte.

Die kleine, schüchterne Lana, die sich sonst immer so gut sie es vermochte vor den Menschen verbarg, diese Kleine also, sah auf, als Julia und ihr Vater den Raum betraten. Sofort lief sie auf Julia zu und in ihre offenen Arme. Mit offenem Mund beobachtete die Züchterin das Schauspiel. Die Beiden hatten sich gefunden, wusste sie in diesem Moment, und auch Julias Vater sah es. Zwei Menschen hatten das Haus betreten, doch verlassen wurde es von zwei Menschen , von denen der kleinere einen Welpen auf dem Arm trug, der sich vom ersten Moment an sicher und geborgen in diesem Arm fühlte.

* * *

Gefahren drohen überall

Der Same, der in die Erde fällt, und dem eine
Erbse entwachsen wird, fällt in einen Garten
und die Pflanze wird gehegt und gepflegt.
Fleißige Hände zupfen das, was sie als Unkraut
verstehen, rund um die Pflanze weg, damit sie
mühelos gedeihen kann. Ihr ist der Platz an der
Sonne gewiss. Und wenn der Regen ausbleibt,
dann wird sie gegossen und sie kann sich
entfalten wie sie will. Alles was ihrem
Wachstum hinderlich sein könnte, wird aus dem
Weg geräumt. Ihre Entwicklung wird
genauestens beobachtet. Vielleicht sogar
dokumentiert. Doch da ist ein Same, der auf die
Müllhalde fällt, und auch dort sein Plätzchen
findet, ungesehen und unbeachtet. Mehr noch,
Tiere und Menschen trampeln gedankenlos über
ihn hinweg, und doch geht er auf. Es kümmert
sich auch niemand ob er genug Wasser
bekommt oder die Sonne richtig steht. Er setzt
sich dennoch durch, allen Umständen zum Trotz.
Überall findet das Leben seinen Platz, außer
wenn der Mensch eingreift und das Leben

verhindert, die Erde unter einem Kiesweg begräbt und die Erbse dort landet und bleibt.

* * *

Die kleine, zarte Hündin, die schon auf der Straße geboren worden war und nichts davon wusste, dass es Hunde gab, die in einem Haus leben und von den Menschen versorgt werden, hatte sich bereits vor einiger Zeit einen geschützten Platz gesucht. Sie war ganz alleine. Es gab kein Rudel auf der Straße. Natürlich gab es Hunde, die sie kannte, die, wie sie, auf der Straße zu Hause waren. Doch immer wieder kamen neue dazu und bekannte weg. Es war nicht möglich soziale Strukturen aufzubauen bei diesem ständigen Kommen und Gehen. Manchmal kamen Menschen und nahmen einen von ihnen mit. Manche davon sah sie nie wieder. Andere kamen bald wieder zurück. Die Menschen wollten keine Hunde, für die sie Geduld brauchten, Hunde, die sich nicht sofort anpassten und das Leben auf der Straße abschütteln konnten wie das Wasser aus dem Fell. Ein anderes Mal kam der Hundefänger und fing die unvorsichtigen, unerfahrenen ein. Niemand wusste wohin sie kamen, aber alle waren sich sicher, dass es kein guter Ort war, an den sie gebracht wurden. Ab und an kamen andere Menschen, die offenbar Spaß daran hatten sie zu jagen und zu quälen. Immer wieder lag einer von ihnen tot auf der Straße. Erschlagen. Einfach so. Natürlich waren schon Menschen gebissen worden, aber rechtfertigte das sie zu töten.

Menschen verstanden so wenig. Wären sie achtsam gewesen, sie wären wohl auch nicht gebissen worden. Hunde hegen kein Interesse an Auseinandersetzungen. Sie wehren sich bloß, wenn sie sich bedroht fühlen. Jeder würde das tun, aber die Hunde, die auf der Straße leben, die können dafür erschlagen werden, einfach so. Sie gehen niemanden ab. Und es interessiert sich auch niemand für sie. Einen Tag leben sie. Am anderen sind sie tot. Und die Welt dreht sich weiter. Es macht nichts aus. Es ist so.

Einmal war eine Hündin erschlagen worden, die gerade geworfen hatte. Die Welpen nahmen sie mit und ertränkten sie im Fluss. Kleine Menschen waren es gewesen. Als wollten sie einmal erleben wie es ist, wenn jemand stirbt. Das Kommen des Todes erzeugte ein angenehm schauriges Kribbeln, das ihre Körper durchzog. Menschen waren ihre Feinde. Das wusste die Hündin, als sie sich sorgfältig auf die Geburt vorbereitete. Das Wichtigste war es, einen Platz zu finden, an dem ihre Welpen in Sicherheit sein würden, vor Mensch und Tier gleichermaßen. So ging sie weiter als sonst in den Wald hinein, wohlweislich die Lichtungen meidend, denn sie wusste, dass der Jäger diese Lichtungen sorgfältig überwachte. Sie waren so berechenbar, die Menschen mit den Dingern, die so einen ohrenbetäubenden Lärm machten und dazu führten, dass Tiere tot umfielen. Ob es ihnen auch Spaß machte den Tod zu bringen? Die Hündin wusste es nicht. Sie bekam sie nicht zu Gesicht und wollte es auch nicht. Die fuhren mit ihren Autos bis zu den Hochständen. Manchmal hatten sie einen Hund dabei. Der wurde nicht erschossen. Nur die anderen Tiere. Diese Hunde mussten etwas Besonderes sein, reimte sich die Hündin zusammen, obwohl sie es nicht verstand, denn auch diese Hunde waren wie sie. Schnauze, vier Pfoten, Schwanz und Fell. So wie sie. Aber da gab es auch noch andere besondere Hunde, die mit denen die Menschen verbunden waren wie mit einem Seil. Das eine Ende war um den Hals des Tieres gebunden und das andere lag in der Hand des Menschen. Als könnten sie nicht voneinander loskommen. Die Hündin hätte sich nicht vorstellen können etwas um ihren Hals zu dulden.

Die Menschen waren ihr unheimlich. Sie hatten Hunde und sie quälten sie, streichelten und ertränkten sie. Das waren die Menschen in ihren Augen. Seltsame Wesen. Aber sie waren auch leicht einzuschätzen. Sie scheuten die Dunkelheit und den dichten Wald. Das kam ihr zustatten, denn genau dorthin zog sie sich zurück. Füchse gab es keine mehr in dieser Gegend, und auch keine Marder, die sie hätte fürchten müssen. In den letzten Jahren waren die Tunnel dieser Tiere so gründlich gesäubert worden, dass kein einziger übrig blieb. Es siedelten sich auch keine mehr an. Es gab im Dickicht niemanden, der ihren Welpen hätte Schaden zufügen können. Und dort in ihrem Versteck brachte sie sechs gesunde Welpen zur Welt. ungesehen. Es war ihr erster Wurf, und obwohl sie noch unerfahren war, wusste sie instinktiv ganz genau was zu tun war. Ein Welpe nach dem anderen drängte aus der Enge ihres Körpers in die Weite des Lebens. Behutsam schleckte sie diese winzigen Bündel trocken und bugsierte sie, die noch blind und völlig hilflos waren, zu ihren Zitzen. Erst als alle kräftig saugten gönnte sie sich ein wenig Ruhe.

Die Hündin, die abseits der Welt und deren Aufmerksamkeit, am Rande einer vom Menschen beherrschten Gesellschaft stand, hatte ihre Welpen angenommen. Ein paar Minuten Ruhe, erholen von der Anstrengung der Geburt, doch sie musste wachsam bleiben. Zu gut wusste sie um die Gefahren dieser Welt, gerade für die, die am Rand stehen. Es war für sie schon schwierig genug sich selbst zu schützen, doch ihre Jungen waren noch völlig hilflos. Ohne ihren Beistand würden sie nicht lange überleben. So blieb sie wachsam, auch wenn sie da lag und die Augen geschlossen hatte. Doch sie registrierte jedes, auch noch so leise Geräusch, nahm jeden Geruch wahr, stets bereit ihre Jungen gegen alles und jeden zu verteidigen. Und wenn es sie das Leben kosten sollte.

* * *

Zum Töten geboren

Der Same fällt in die Erde, blindlings, dort, wo er hingeworfen wird. Er trifft keine Abmachungen, fragt nicht nach den Umständen, aber wo genug Erde vorhanden ist, dort lässt er sich umschließen und verrichtet seine Aufgabe, zu keimen, sich mit den Wurzeln zu verankern und zu sprießen. Zuerst ist das werdende Leben unsichtbar, geborgen im Schutz des Leibes. So keimt der Same in der Erde, im Leib der Mutter Erde, und erst, wenn er stark genug ist, die Wurzeln die Nährstoffe aufnehmen können, erst dann erhebt er sich über die Erde hinaus. Inmitten eines Dornenfeldes oder eines blühenden Gartens. Niemand vermag es vorherzusagen. Und der Regen fällt worauf er will.

* * *

„Was für eine Hündin", dachte sich der zukünftige Besitzer eines der Welpen, die nun bald das Licht der Welt erblicken sollten. Ein starker, großer Mann, der sich nicht so schnell fürchtete, weder vor Menschen noch vor Tieren.

Vor Menschen noch weniger, denn die waren viel leichter zu besiegen als Tiere. Denn die Tiere, so wie diese Hündin, die achteten nicht auf seine Worte, sondern nur auf seine Gebärden, seine Mimik und seine Körpersprache. Hoch aufgerichtet stand er vor ihr. Die Hündin, ein kraftstrotzender Staffordshire Terrier, hatte die Aufgabe ihm seinen zukünftigen Champion zu gebären. Mit gefletschten Zähnen, gespitzten Ohren und aufgerichtetem Schwanz stand sie ihm gegenüber.

„Genau so muss sie aussehen", dachte er noch, während er ihr unmissverständlich klar machte wer hier das Sagen hatte, indem er sie zu Boden warf und seine kräftige Hand auf ihre Kehle legte. Die Hündin verstand und hielt still. Sie hatte keine Wahl. Mit einem Handgriff hätte er sie töten können. Das wusste sie. Völlig geräuschlos war dies vonstatten gegangen. Innerhalb weniger Sekunden war die Entscheidung gefallen, und sie wurde von beiden Partnern akzeptiert.

Und tatsächlich gebar sie wenige Stunden später acht kerngesunde Welpen, fünf Rüden und drei

Hündinnen. Und auch wenn diese Hündin nichts kannte als Gehorsam und Strenge, wusste auch sie genau wie sie ihre Welpen zu versorgen hatte, von Anfang an.

Das Leben befiehlt, und man muss sich unterwerfen. Das Leben zeigt unmissverständlich an was es benötigt, um sich zu erhalten, zu entfalten und zu bleiben. Nichts kann es aufhalten. Fällt eines aus, tritt sofort ein anderes an seinen Platz. Es bleiben keine Lücken. Es ist keine Zeit für Nostalgie, nur stumme Erfüllung des vorgegebenen Planes. Diese Hündin mit ihren Welpen war nichts weiter als ein winzig kleiner Teil innerhalb dieses alles umfassenden Plans.

Mit großem Wohlwollen besah er sich ihren Wurf, als er kam, um sich den besten Hund auszusuchen. Diesmal knurrte sie nicht, denn sie hatte nicht vergessen wer hier das Sagen hatte. Gleichmütig, beinahe gleichgültig lag sie da und ließ es zu, dass er einen Welpen nach dem anderen nahm um sie genauer zu begutachten. Er war stolz darauf einen Blick dafür zu haben aus einem Haufen noch völlig unfertiger Wesen das herauszufinden, das das größte Potential für seine Zwecke in sich trug. Er hatte sich noch nie geirrt. Sorgfältig studierte er ihre Reaktionen und ihren Körperbau. Natürlich kam für ihn nur ein Rüde in Frage, und von diesen fünf war es auch nicht schwer den Besten herauszufinden. Er entschied sich für denjenigen, der bereits in diesem zarten Alter seine Geschwister verdrängte, wenn es um den besten Platz an den Zitzen ging, sich aber seinerseits nicht verdrängen ließ.

Pechschwarz war sein Fell. Schwarz wie die Nacht. Herkules sollte er heißen. Doch noch blieb er bei seiner Mutter. Bald schon würde er sehen können und beginnen die Welt zu erforschen. Bald schon würde er aus der Erziehungsgewalt seiner Mutter in seine übergeben werden. Es galt noch einiges für seine Ankunft vorzubereiten. Viele Wochen harter Arbeit und intensiven Trainings lagen dann vor ihm, doch davon wusste der kleine Herkules noch nichts, denn für diesen Tag war es genug. Herkules, der zukünftige Champion, wurde zurück in den Korb zu seiner Mutter und seinen Geschwistern gelegt. Sofort hängte er sich an die Zitze, und dem Mann gefiel es.

„Trink nur kräftig", dachte er, „Du sollst wachsen und kräftig werden." Dann stand er auf und ging. Die Hündin sah ihm noch kurz nach, bevor sie die Augen wieder schloss. Sie blieb bei ihren Jungen, so lange es notwendig war. In dieser Zeit ließ man sie auch in Ruhe, eine Ruhe, die sie dringend benötigte. Zumindest das wurde anerkannt.

Manche haben ihre Hunde nur zum Spaß, zum Spielen und Knuddeln. Eigentlich völlig unnötig. Ein Tier muss mehr sein als ein Spielzeug. Schließlich kostet es ja auch viel Geld. Ständig muss man sich kümmern, es füttern, zum Tierarzt bringen oder den Zwinger sauber halten. Zeit und Geld kosteten diese Viecher. Das kann nicht nur ein Spaß sein. Das muss auch was einbringen.

Der Besitzer der Hündin war überzeugt davon, dass es nur zwei Arten von Tieren gab, die nützlichen und die unnötigen. Unnötige Tiere hätte er sich nie ins Haus geholt. Nur solche, die ihm von Nutzen waren. Die Mäuse in der Scheune waren da, weil er nichts dagegen machen konnte. Bloß eine Katze besorgen. Ihr Nutzen bestand darin, die Mäuseplage im

Rahmen zu halten. Das Schwein, das gemeinsam mit ein paar Schafen auf der Weide hinter dem Haus herumlief würde ihm irgendwann als Sonntagsbraten zur Verfügung stehen. Ebenso wie die Hasen im Stall. Und die Hühner, die gackernd im Hof herumliefen, die legten Eier für ihn. Doch die Hündin, die brachte ihm richtig Geld ein, denn sie war die Mutter zukünftiger Champions.

So wie der zukünftige Besitzer von Herkules sich im Kampfbereich einen Namen gemacht hatte, so der Besitzer der Hündin in eben jener Szene als Züchter. Um den besten Welpen zu ergattern musste man nicht nur schnell sein, man musste ihn auch kennen. Noch bevor die Welpen auf die Welt gekommen waren, hatte er mehr Anfragen erhalten als er Welpen haben würde. Auch wenn die Hündin einen relativ großen Wurf getan hatte, so waren es immer noch nicht zu wenig. So gefiel es ihm. Denn so lange die Nachfrage nach seinen Hunden größer war als das Angebot, konnte er einen sehr guten Preis verlangen. Seine Kunden waren gerne bereit ihn zu zahlen, denn sie wussten um die Qualität. Zumal er sehr darauf achtete, dass es seiner Hündin gut ging, denn sie war für ihn wie eine

Maschine, ein Investitionsobjekt, das man warten musste, damit es den entsprechenden Output erbringen konnte. Es war wichtig sie gut zu versorgen, mit dem Futter ebenso wie mit dem besten Deckrüden. So lange die Hündin gesund war, gebar sie ihm auch gesunde Welpen. Ein paar Jahre würde sie das noch machen können, und dann würde sie ausrangiert werden, wie jede andere Maschine auch, die keinen Ertrag mehr erbringt. Völlig unsentimental musste man das sehen, denn das Leben besteht nur aus Geben und Nehmen. Und niemand würde weiter investieren, wenn es sich nicht mehr rentiert, außer vielleicht ein paar gutmütige, sentimentale Trotteln. Doch zu denen zählte er ganz bestimmt nicht. Sentimentalität musste man sich leisten können.

Diese Schnösel, die in ihren warmen Zimmern saßen und nicht wussten was Hunger oder Kälte oder Gewalt bedeuteten, die konnten sich leicht auf das hohe Ross ihrer Moral setzen, doch er musste sehen wie er überlebte. Und er würde überleben. Hatte er doch die Schläge seines Vaters und die Teilnahmslosigkeit seiner Mutter ebenso überlebt wie das Ausgegrenzt-sein. Nein, er hatte nicht nur überlebt, es hatte ihn gestärkt.

Sobald er stark genug war, hatte er seinem Vater den Gürtel, mit dem er ihn schlagen wollte, aus der Hand gerissen und ihn damit erwürgt. Seine Mutter saß mit der Wodkaflasche in der Hand daneben und sah zu. Damals war er noch nicht einmal 14 Jahre alt gewesen. Als er aus der Jugendhaftanstalt entlassen wurde, hatte er viel gelernt und gute Kontakte geknüpft. Dort geschah seine eigentliche Sozialisation, von der er immer noch profitierte. Sentimentalität war etwas für Weicheier. Er war nicht sentimental. Er war stark. Wie seine Hündin.

* * *

Geboren um zu gehorchen

Der Same, der den Plan des Lebens in sich trägt, hat sich eingenistet. Immer ist es auch ein Kampf. Ein Kampf um das Stück Land, das notwendig ist zu wachsen. Ein Kampf um die Sonnenstrahlen und das Wasser. Ein Kampf, bei dem die Sieger überleben und die Verlierer sterben. Es gibt immer nur diese zwei Möglichkeiten. Da gibt es kein Dazwischen. Wer den besten Platz findet und am schnellsten wächst, der überlebt. Wer sich abdrängen lässt oder keinen guten Platz findet, der stirbt. Der beste Samen tötet die schlechteren. Es bedarf keiner Philosophie, sondern nur der Befolgung des immanenten Planes.

* * *

Mit großer innerer Zufriedenheit besah sie sich die Hündin und ihre Welpen im Körbchen. Leicht war es ihr gefallen die kleinen Körper aus ihrem eigenen zu pressen. Nichts hatte sie sich anmerken lassen. Als würde es ihre tägliche Beschäftigung sein Welpen auf die Erde zu setzen aus sich heraus. Nun lag sie da, den Hals gelassen nach vorne gestreckt.

„Es gibt keine Haltung, in der ein Weimaraner nicht königlich stolz und anmutig wirkte", dachte sie, während sie die Mutter mit ihren Jungen betrachtete. Kein Laut war zu vernehmen. Nach und nach ließen die Kleinen die Zitzen los und fielen in einen ruhigen Schlaf. Acht waren es geworden, und die Züchterin war mit dieser Ausbeute äußerst zufrieden. Es hatte noch Zeit die Welpen näher in Augenschein zu nehmen, doch auf den ersten Blick hatte sie keinen Fehler entdecken können. Es hätte sie auch gewundert, wenn es anders gewesen wäre. Sorgfältigst, um nicht zu sagen penibel, hatte sie den Deckrüden ausgewählt, dessen Stammbaum sie studierte und auch die Eltern und Großeltern ausforschte um sich ein Bild davon zu machen. Immerhin züchtete sie diese hervorragenden Jagdhunde seit mittlerweile 20 Jahren. Ihr konnte niemand etwas vormachen. Am Anfang war sie ein wenig naiv oder zumindest zu vertrauensselig gewesen. Sie hatte schlicht und ergreifend geglaubt was ihr die Leute so erzählten und entdeckte oft erst zu spät was sie ihr zu verheimlichen versuchten. Deshalb waren ihre ersten zwei Würfe auch nicht von Erfolg gekrönt. Doch sie hatte sich nicht beirren lassen und sah diese Reinfälle als eine Art Lehrgeld, das wohl jeder zu zahlen hatte. Ab dem dritten Wurf ging es bergauf, und mittlerweile war sie die anerkannteste Züchterin im ganzen Land. Wollte jemand einen Hund von ihr haben, musste er nicht nur ein ausführliches Bewerbungsschreiben schicken, sondern auch den zukünftigen Wohn- und Wirkungsort des Hundes besichtigen lassen. Wer kein Jäger war brauchte sich erst gar nicht zu bewerben, denn diese majestätischen Hunde konnten nicht auf der Welt sein ohne eine Aufgabe zu erfüllen. Nur einfach so.

Gerade im Falle der Weimaraner war der Lebenszweck genau vorgegeben. Sie waren für die Jagd geboren. Das war die Minimalanforderung. Doch das genügte bei weitem nicht. Darüber hinaus gab sie ihre Hunde keinen unerfahrenen Jägern. Er musste mindestens fünf Jahre Erfahrung haben und diese auch nachweisen. Zumeist waren es Männer. Natürlich gab es auch immer mehr Frauen, die dem Weidwerk frönten. Dennoch bevorzugte die Züchterin Männer, denn sie traute Frauen im allgemeinen nicht zu eine Strenge gegenüber dem Hund zu zeigen, die unabdingbar notwendig war ihn nicht verkommen zu lassen. Ja, verkommen, das war der richtige Ausdruck. Andere hätten es als verwöhnen gesehen, doch nicht sie, denn wer einem Hund nicht von vornherein klar zu machen vermag wer das Sagen hat, wer das Leittier ist, der vergeht sich an dem Hund, der genau das braucht um ein erfülltes Hundeleben zu führen. Strenge und Ordnung waren notwendig, denn dies gab ihm Sicherheit. Aber das verstanden nur mehr wenige.

Strenge, Ordnung und Disziplin kamen immer mehr abhanden. Nicht nur in der Hundeerziehung, auch bei der der Menschen. Über die Folgen wurde man jeden Tag im Fernsehen informiert, doch niemand schien einen Zusammenhang sehen zu können oder zu wollen. Für sie war es offensichtlich. Wer sich nicht unterzuordnen vermag, vermag auch seine Affekte und Triebe nicht unterzuordnen, sondern wird deren Opfer. Um Kinder scherte sie sich allerdings auch wenig, zumindest nicht um Menschenkinder. Sie hatte einen Pakt mit ihren Hunden geschlossen. Kopfschüttelnd dachte sie an die Menschen, die sich einen Hund hielten, einfach so, aus Laune, aus Freude, aus Langeweile oder warum auch immer, und die dabei übersahen, dass der Gedanke schon von vornherein verdreht war, denn kein Hund schloss sich einem Menschen an, weil es schön oder lustig oder spaßig war, oder – irrwitziger geht es wohl kaum – weil er eine emotionale Bindung zu diesem Menschen hatte. Viele interpretierten es so, doch für den Hund war der Mensch nichts weiter als Partner einer Gemeinschaft, aus der er Nutzen zog. Nicht aus emotionalen, sondern aus rein rationalen

Gründen hatte sich dereinst der Wolf mit dem Menschen verbündet.

Der Mensch garantierte dem Tier Schutz und Futter, wohingegen dieser bereit war ihm seine Fähigkeiten zur Verfügung zu stellen. Das ist der Deal. Wer nun diesen missachtet, der missachtet damit auch eine grundlegende, über Jahrhunderte anhaltende Übereinkunft zwischen zwei Säugetieren, wie sie in der Natur immer wieder vorkommt. Darf der Hund seinen Teil der Vereinbarung nicht erfüllen, so wird er dadurch herabgewürdigt. Er wird zum Parasiten gestempelt und der Mensch erhebt sich zum Gönner. Als wenn der Hund das wollte. Keineswegs. Der Hund will eine Gegenleistung erbringen für die Leistung, die er empfängt. Wer das nicht versteht, dem sollte eigentlich die Hundehaltung untersagt sein, war zumindest die Meinung der Züchterin, und umso erfolgreicher sich ihre Zucht gestaltete, desto perfider wurden ihre Ansichten. Schließlich schienen sie sich in der Praxis zu bestätigen.

Diana, ihre Hündin, die gerade geworfen hatte, war ein Musterbeispiel dessen. Nicht nur, dass sie ein glänzender Jagdhund war, sie machte

ihrer Besitzerin auch als Zuchttier alle Ehre.
Acht wohlgestaltete, kerngesunde Welpen lagen
mit ihr in der Wurfkiste, während vierzig
Bewertungen warteten. 32 dieser Bewerber
würde sie abweisen müssen. Niemals tat sie das
ohne gute Gründe. Nur einer unter allen hatte
eine bevorzugte Stellung im Kampf um den
Erwerb. Es war jener Jäger, dessen letzter Hund
im Kampfeinsatz mit einem Keiler gefallen war.
Dieser Mann verdiente ihre Hochachtung, denn
er hatte seinen Hund so gut erzogen, dass er
lieber sein Leben ließ als nicht zu gehorchen. Ein
ausgezeichneter Jäger und Hundehalter war er
in ihren Augen. Während ihr Blick wohlwollend
über die Welpen strich, hatte sie bereits den
richtigen für diesen Mann ausgesucht. Und es
sollte eine Hündin sein.

III. Das Leben ist voller Überraschungen

Eigentlich haben alle dieselben Voraussetzungen. Eigentlich. denn eine Erbse ist eine Erbse und ein Mensch ist ein Mensch. Ganz gleich wo die Schote gewachsen ist. Ganz gleich wo er geboren wurde. Eigentlich. Doch in Wahrheit ist es nicht so. Niemals gibt es gleiche Voraussetzungen. Nicht einmal physisch, denn auf harten, trockenem Boden, der nur wenig Niederfall kennt, werden selbst Erbsen anders aussehen, als die, die von einer Pflanze stammen, die von der Sonne sanft beschienen wurde, ihre Wurzeln im nährstoffreichen Boden ausbreiten konnte und von regelmäßigen Regenfällen getränkt wurde. Nicht anders ist es bei einem Menschenkind, das von einer Mutter, selbst noch ein Kind und aus der Gesellschaft in die Kanalisation verbannt, geboren wird, oder von einer Mutter, die ein warmes, helles, sauberes Haus bewohnt und von Ärzten und Schwestern umsorgt ihr Kind in einem sterilen Krankenhaus zur Welt bringt. Nicht einmal die physischen Voraussetzungen sind gleich. Wie kann man dann von Gleichheit sprechen? Aber auch von Dafür können. Weder die Pflanze, noch der Mensch können etwas dafür. Sie landen wo sie landen.

* * *

Nicht nur die im Dunklen sieht man nicht

Mitten hinein geworfen ins Leben. So wie die Erbsen aus der Schote in der Büchse in die Welt, irgendwo. Völlig willkürlich. Nur wer auf der Sonnenseite sitzt wird sich erdreisten etwas wie Gleichheit zu denken. Und die erste Erbse steckte fest, in der Spalte im Holz des Fensterbretts, hinter dem die Mutter mit ihrer Tochter wohnte und mit der Krankheit, die so schwer zu bestimmen war, und doch wussten sie, dass sie da war. Vom Aufgang der Sonne bis zum Untergang. Niemals verließ sie der Gedanke.

* * *

Es war an einem hellen, sonnendurchfluteten Vormittag geschehen. Die namenlose Hündin lag auf der Straße und winselte. Unaufhörlich erfüllte ihr Klagelied die Luft. Die Schmerzen durchzogen ihren ganzen Körper, Mehrmals hatte sie versucht sich wegzuschleppen, weg von der Straße, irgendwo in Sicherheit, irgendwohin, zu irgendwem. Nur, dass es aufhören sollte, dass sie wieder aufstehen und herumlaufen konnte. Gerade eben war es doch noch gegangen. Doch nun, sie konnte die Vorderbeine nicht aufsetzen und die Hinterbeine ließen sich nicht einmal bewegen. Sie war in der Hölle, brennend und verzehrend. Ihrer eigenen Hölle. Das war es, was sie mitteilen wollte. Das war es, was jemand verstehen sollte. Irgendjemand. Und wenn er es verstanden hätte, dann hätte er sie herausholen und den Schmerz wegnehmen können, so dass sie wieder laufen und das Licht fangen konnte.

Glücklich war sie gewesen, inmitten ihres Rudels, der Mutter, den Geschwistern und aller anderen Hunden. Natürlich, sie hatte ab und an Hunger leiden müssen, aber wenn man wusste wie man es anstellte, dann ließ sich schon das eine oder andere erbetteln. Auch wusste sie gute Stellen, wo die Menschen immer wieder etwas Fressbares hinwarfen. Vielleicht für sie. Aber sie hatte einen Ort gehabt, an dem sie unterschlüpfen konnte, wo sie in Sicherheit war.

Und wenn sie sich zu den anderen kuschelte, dann war es auch warm. Sie war glücklich, weil sie nicht alleine war. Doch jetzt waren sie alle weg. Geflohen vor der Gefahr, doch sie konnte nicht mit.

Niemand suchte sie. Niemand vermisste sie. Sie hatte keinen Namen.

Die namenlose Hündin lag, gepeinigt, verletzt auf der Straße, und die Sonnenflecken tanzten immer noch lustig um sie herum. Doch sie hüpfte nicht mehr hinterher, versuchte nicht mehr sie zu fangen. Sie lag da, einfach nur da, bei vollem Bewusstsein, durchzogen von diesem Schmerz und einer irren Hoffnung. So lange sie die Kraft haben würde auch nur einen Laut von sich zu geben, würde sie es tun. Sie war kein Mensch, der überlegt handelt oder vielleicht wartet, dass jemand vorbeikommt. Sie artikulierte ihren Schmerz permanent gegenüber der Welt. Bis zum letzten Atemzug würde sie um dieses Leben kämpfen, ganz gleich ob es eine Hoffnung gab oder gar eine Chance. Sie würde kämpfen bis sie nicht mehr konnte, bis alle Kräfte sie verlassen hätten, bis zum Tod. Da stand kein Plan dahinter und kein Kalkül, nur der Trieb an dem festzuhalten was sie hatte, so lange es irgendwie ging. Nichts weiter.

Ungefähr zwei Meter von ihr entfernt parkte ein Auto. Zwei Männer stiegen aus. Lautstark und wild gestikulierend redete der eine auf den anderen ein. Da drang das Wimmern der namenlosen Hündin zu ihnen. Irritiert sahen sie sich um, und sogar der, der gerade noch lautstark und gestikulierend gesprochen hatte, hielt inne. Dann sahen sie die namenlose Hündin. Der eine wäre fast auf sie draufgestiegen. Jetzt stieg er über sie hinweg.

„Komm, lass uns zu mir gehen", wandte er sich an den anderen, „Hier versteht man sein eigenes Wort nicht." Und aus einem Fenster des Hauses, das ganz nahe neben der Straße stand, drangen Stimmen.

„Hörst Du das auch?", fragte eine Frau.
„Was soll ich hören?", antwortete ein Mann.
„Na, dieses Winseln", sagte sie.
„Es tut mir leid, ich höre nichts", meinte er, und es klang ein wenig danach, als müsste er sich dafür entschuldigen, dass er es nicht hörte.

„Aber Du musst es doch hören. Das geht ja jetzt schon die ganze Zeit so", erklärte sie weiter.

„Was meinst Du mit, die ganze Zeit?", fragte er nun, wahrscheinlich um überhaupt irgendetwas zu sagen.

„Na ja, mindestens eine Stunde lang. Ich schau ja nicht auf die Uhr, aber Du musst es doch hören. Das kann man doch einfach nicht nicht hören!", setzte sie hinzu.

„Stört es Dich?", fragte er nun, um ein wenig von seinem Nicht-Hören abzulenken.

„Es geht einem durch Mark und Bein. Das ist ja nicht zum Anhören", erwiderte sie prompt.

„Na, dann mach doch einfach das Fenster zu", schlug er vor.

„Das ist eine gute Idee. Schrecklich, einfach schrecklich", und das war das letzte, was man auf der Straße hörte, denn sie hatte das Fenster geschlossen.

Und das Winseln hielt an. Offenbar laut und vernehmlich. Aber man sieht nicht nur, was man sehen will. Man hört auch nur, was man hören will. Aber vielleicht meinten sie auch, es ginge sie nichts an. Es lag nicht in ihrer Verantwortung. Man sollte sich auch nicht einmischen, das bringt niemals Segen.

Wer einmal eine Zeit lang gelebt hatte, der wusste das. Manche mischten sich trotzdem ein. Selber schuld. Der Mann und die Frau hinter dem Fenster nicht, und auch nicht die Männer, die über die namenlose Hündin hinweggestiegen waren. Was hatte man auch mit fremden Sachen zu schaffen. Sollte sich doch der drum kümmern, dem sie gehörte.

Und die Mutter, die kam mit drei Kindern, die freute sich, dass ihre Kinder so fröhlich waren. Die Sonne schien. Niemand dachte an die Kälte zurück, und noch weniger daran, dass sie unausweichlich wiederkäme. Auch wenn sie nicht viel besaßen und oft auch nicht genug zu essen. Die Kinder waren fröhlich. Sie hatte einen Mann, der nicht trank. Das war in der Gegend schon ein großes Glück. Er schlug sie auch nicht. Er war ein guter Mann.

„Sieh nur", wandte sich ihr Jüngster an sie, „Da liegt ein Hund." Neugierig beugten sich alle drei darüber.
„Das sieht echt schlimm aus", erklärte die älteste Tochter ernst.

„Wahrscheinlich von einem Auto angefahren",
meinte die Mutter, nach einem kurzen Blick auf
die Hündin.
„Aber sie ist nicht tot", erklärte der Jüngste.
„Nein, aber bald", sagte die Mutter kurz,
„Kommt, wir gehen nach Hause. Wir können
nichts machen."

Die Kinder gingen ein paar Schritte, dann
hüpften sie wieder fröhlich dahin. Es würde
nicht lange dauern, dann würden sie es gänzlich
vergessen haben. Was hätten sie auch tun
sollen? Die Hündin zum Tierarzt bringen. Aber
wovon hätten sie es bezahlen sollen, wo sie
kaum selbst genug zum Überleben hatten.
Vielleicht würde sie ihren Mann bitten die
Hündin zu erschlagen, wenn er nach Hause
käme und sie immer noch winselte. Dann wäre
ihr Leiden zu Ende. Das war alles, was sie tun
konnte. Mehr war ihr nicht möglich.

Und das Winseln dauerte fort. Noch war das
Leben in dem kleinen, zarten Körper. Sie hielt es
fest, so lange es ging. Aber es kostete sie viel
Kraft. Immer mehr war verbraucht. Das Winseln
wurde schwächer. Bald würde sie es
überstanden haben. Das Leiden und den

Schmerz. Dann würde die Frau wieder das Fenster öffnen können ohne von ihrem Winseln behelligt zu werden. Dann würden die Männer wieder gehen können, ohne über etwas Drübersteigen zu müssen. Dann würde die Frau ihren Mann nicht mehr bitten müssen diesem Spuk ein Ende zu setzen. Dann würde es vorbei sein.

Und gerade als ihr Winseln kaum mehr zu vernehmen war, da spürte sie, die namenlose Hündin, die noch nie in ihrem Leben von einem Menschen in guter Absicht berührt worden war, eine Berührung, die anders war, als die, die die sie kannte. Müde schloss sie die Augen. Was auch immer mit ihr geschehen würde, sie würde es geschehen lassen.

* * *

Im nächsten Moment ist alles anders

Die zweite Erbse, die aus der Büchse des Jungen geschossen wird, hat ebenso viele oder wenige Chancen wie jede andere auch. Alles ist völlig offen und bloß dem Zufall unterworfen. So fällt sie ins lockeres Erdreich und fühlt sich gut aufgehoben und geborgen, doch die Sicherheit ist trügerisch, denn ein kleiner Windstoß genügt und fegt die feine Erde hinweg, wer weiß wohin, und die kleine Erbse bleibt liegen, völlig halt- und schutzlos. Niemand weiß wann und wie es uns begegnen kann, und die größte Sicherheit kann sich als trügerisch erweisen.

* * *

Lana sah noch lange in die Richtung, in die das Auto verschwunden war, das Auto, in dem die Menschen saßen, denen sie sich bisher bedingungslos anvertraut hatte. Sie dachte, es würde immer so weiter gehen. Für den Rest ihres Lebens würde sie ein Heim haben, Menschen, die sich um sie kümmerten und einen immer wieder gefüllten Napf. Niemals würde es sich ändern. Nur die Zeit würde vergehen, aber das wäre schon alles.

Doch mitten hinein in die scheinbare Unabänderlichkeit platzte das Andere, das Unbekannte und Unvorhergesehene. Nichts hatte es angekündigt. Noch an diesem Morgen hatte sie in ihrem Körbchen gelegen und wusste wo sie hingehörte. Jetzt, wenige Stunden später war alles verschwunden, das Haus und das Körbchen und der Napf und die Menschen. Vielleicht würden sie ja zurückkommen und sie abholen. Vielleicht war das nur ein Test ob sie brav wäre und auf ihre Menschen wartete. Deshalb beschloss Lana genau an der Stelle, an der sie saß, zu bleiben, denn sie würden zurückkommen und sie holen. Dann würde sich alles in Wohlgefallen auflösen. Bloß ein kleiner, böser Alptraum mitten am Tag. Also legte sie sich nieder, genau dort, wo sie war, um zu warten. Denn sie würde für ihre Menschen alles tun. Alles. Als Gegenleistung erwartete sie nichts als Kost und Logis und ein wenig Aufmerksamkeit.

So döste sie vor sich hin, ohne richtig zu schlafen, denn bei jedem Auto, das sich näherte, schreckte sie hoch, setzte sich auf und sah erwartungsvoll in die Richtung, aus der das Geräusch kam. Doch jedes Mal wurde sie enttäuscht. Es begann zu dämmern, und sie war immer noch dort, neben der Straße, auf der sie sie zurückgelassen hatten. Und auf die Dämmerung folgte die Nacht. Lana war hungrig und müde. Ihr Magen signalisierte ihr, dass es die Zeit war, zu der sie gewöhnlich ihr Futter bekam, woraufhin sie sich, satt und glücklich für die Nacht in ihr Körbchen zurückziehen würde, dort, in dem Haus, das ihr Heim war. Noch immer war sie alleine, in der kalten, dunklen Nacht. Und auch die Nacht ging, wich dem heranrückenden neuen Tag.

Beklommen setzte sie sich auf und fürchtete das Auto überhört zu haben, wenn es denn gekommen war. Sie wollte bleiben, doch der Hunger trieb sie vorwärts. Nur etwas Essbares auftreiben. Doch wie sollte sie das anstellen. Sie wusste weder wie man jagte noch wie man bettelte. Als sie das nächstgelegene Dorf erreichte, stieg ihr plötzlich ein herrlicher Duft nach frischem Fleisch in die Nase. Wie hypnotisiert folgte sie diesem Geruch, der sie direkt zu einer Fleischhauerei führte. An der Hinterseite des Geschäfts war eine Türe offen und auf der Arbeitsplatte lagen einige, offenbar frisch aufgeschnittene Koteletts. Niemand war zu sehen. Also nahm sie sich ein Herz und betrat den Laden, sprang mit den Vorderpfoten auf den Tisch und schnappte sich ein Kotelett. Lautlos verschwand sie aus dem Haus und suchte sich ein ruhiges Plätzchen, an dem sie das Kotelett verschlang, als hätte sie seit sehr langer Zeit nichts mehr zu essen bekommen. Doch es reichte nicht. So dass sie es nochmals wagte den Laden zu betreten, und gerade, als sie sich anschickte das nächste Kotelett zu stibitzen, spürte sie einen Luftzug neben ihrem Ohr. Sie reagierte prompt, sprang vom Tisch und lief aus dem Haus so schnell sie konnte. Um ein Haar hätte das scharfe Beil des Fleischers ihren Schädel gespalten. Verdammt großes Glück hatte sie gehabt. Wenige Schritte nur, die ihr der Fleischhauer folgte, bevor er, völlig außer Atem stehenblieb und sie ziehen ließ. Doch da tauchte bereits eine neue Gefahr auf in Gestalt eines bulligen Rottweilers. Ein Wachhund, wie er alltäglicher nicht sein konnte. Doch nicht für Lana. Sie kannte diese Sorte Hund noch nicht, die dazu ausersehen waren bei Wind und Wetter an eine kurze Kette gehängt, Haus und Hof zu verteidigen, vor unliebsamen Besuchern. Und sie war offenbar solch ein unliebsamer Besucher in diesem Haus, in diesem Hof.

So schnell sie konnte rannte sie davon, doch der Rotweiler war schnell, sehr schnell. Lana wusste, wenn er sie erwischen sollte, dann wäre es um sie geschehen. Sie rannte so ausdauernd wie sie noch nie gerannt war, doch sie hatte auch noch nie um ihr Leben laufen müssen. Und das alles wegen einem vollen Magen, der bis jetzt selbstverständlich für sie war.

Unaufhaltsam kam der Rottweiler näher. Gleich würde er sie eingeholt haben und sie zu Boden reißen, als sie einen kleinen Durchschlupf entdeckte, in einer Mauer. Rasch zwängte sie sich hindurch. Der Rottweiler hatte es zu spät gesehen und war wohl noch einige Meter weitergelaufen, bevor er sich umwandte und auf das Loch zusteuerte, durch das die Hündin entschlüpft war. Das verschaffte ihr für einen Moment eine Atempause, doch sie war noch nicht in Sicherheit. Wohin sollte sie sich wenden? Ratlos sah sie sich in dem Innenhof um, der rundherum von hohen Mauern umgeben war. Da vernahm sie auch schon den rasselnden Atem ihres Verfolgers. Wenige Augenblicke, dann würde er sich auch durch das Loch gezwängt haben, wenige Augenblicke, und sie wäre endgültig verloren, doch da tauchte ein Mensch auf. Der Rottweiler streckte bereits den Kopf durch das Loch in der Mauer, als der Mensch direkt auf diesen zusteuerte und ihn mit einem überzeugenden Schlag auf den Kopf zum Rückzug bewegte. Erschöpft sank Lana in sich zusammen, das Kotelett immer noch zwischen den Fängen haltend. Was würde der Mensch jetzt mit ihr machen?

Tatenlos erwartete sie was da kommen mochte. Egal was es sein sollte, viel schlimmer konnte es nicht mehr werden, war sie überzeugt. Doch der Mensch sprach ruhig und gelassen auf sie ein. Was auch immer er sagte, sie durfte bleiben. Vielleicht war sie wieder in Sicherheit. Doch nicht nur das, er stellte ihr noch zwei Näpfe hin, von denen einer mit Wasser und der andere mit Futter gefüllt war. Als erst zaghaft, weil sie noch immer nicht sicher war, ob das wirklich für sie bestimmt war, begann sie zu fressen. Doch als sie sah, dass der Mensch offenbar nichts dagegen hatte, ja, ihr noch zuredete, verschlang sie das Dargebotene so schnell sie konnte, um dann in einen ruhigen Schlaf zu fallen. Sie war wieder in Sicherheit. Doch nicht nur sie war zufrieden, auch der Mensch, der den Rottweiler vertrieben und ihr das Futter gebracht hatte.

„Was für eine schöne Hündin Du doch bist!", stellte er lächelnd fest, „Nicht so wie die normalen Straßenköter. Du stammst sicher aus einem guten Haus, kannst einen beeindruckenden Stammbaum vorweisen. Da lässt sich einiges draus machen. Das werden wunderschöne Welpen werden, die Du werfen wirst. Da wird sich Dein neues Frauchen auch beim Preis nicht lumpen lassen."

Was auch immer das bedeuten sollte, Lana war es egal, denn sie war wieder an einem Ort, von dem sie dachte, sie könnte bleiben. In einem Innenhof war sie eingeschlafen, doch sie erwachte an einem anderen Ort, einem Ort, der von Hundegebell erfüllt war und an dem es schrecklich stank. Vor allem nach Angst, aber auch nach Resignation.

* * *

Ein Platz an der Sonne

Die dritte Erbse, die gemeinsam mit vier anderen sicher und behütet in einer Schote zusammen war, wurde weiter hinaus in die Welt geschossen als die anderen, viel weiter. So weit, dass der Junge nicht mehr sah wo er landete, doch er war auch nur am Schießen interessiert. Daran hatte er seine Freude. Was mit seiner

Munition geschah, das war ihm jedoch völlig gleichgültig. Und die Erbse flog auf einen Kiesweg, auf dem sie liegen blieb. Einige Zeit verharrte sie dort, ohne eine Chance sich lösen zu können. Dort wo sie gelandet war, dort blieb sie liegen, ohne jede Hoffnung, ohne jede Aussicht. Auch wenn manchmal der Wind sie ein wenig nach links oder rechts verschob und vielleicht sogar für Momente die fruchtbare Erde in greifbare Nähe zu kommen schien.

* * *

Die kleine schwarze Hündin, die gemeinsam mit fünf Geschwistern im Wald verborgen zur Welt kam, war nun ganz allein, aber sie kam halbwegs gut zurecht, auch wenn sich ihre wirklichen Jagderfolge bis jetzt auf eine Gatterjagd zahmer Kaninchen beschränkt hatten, war sie für den Moment einmal satt. Dort waren noch so viele dieser Kaninchen im Gatter. Damit würde sie eine Weile über die Runden kommen. Aber sie war nicht nur Jägerin, sondern auch selbst die Gehetzte. Immer war sie auf der Hut. Selbst wenn sie schlief blieb sie wachsam, denn sie wusste instinktiv, dass es keinen Platz in dem Wald gab, an dem sie wirklich restlos sicher war,

denn der Hund des Jägers, der machte auch
nicht vor seinesgleichen Halt. Gerade nicht da.

Aus Loyalität zu seinem Herrn ließ dieser Hund
offenbar alles mit sich machen, machte er alles.
Selbst vor Verrat schreckte er nicht zurück.
Wenn sie wieder hungrig werden würde, würde
sie einfach nochmals zu dem Gatter gehen und
sich des nächsten Kaninchens bemächtigen.
Warum die Menschen die Kaninchen dort wohl
einsperrten? Vermutlich um sie selbst zu
fressen, aber ein wenig was konnten sie doch für
sie abgeben. Und während sie sich ausruhte,
weinte sich ein kleines Mädchen bei seinem
Vater aus.

„Sei nicht traurig, den Fuchs erwischen wir",
sagte der Vater überzeugt, während er seiner
kleinen Tochter mit der Hand durchs Haar
strich, „Der wird Dich nicht mehr zum Weinen
bringen, das verspreche ich Dir."
„Was machst Du mit dem Fuchs?", fragte das
Mädchen, sich die Tränen vom Gesicht
wischend.
„Ich werde ihn natürlich erschließen",
antwortete der Vater, als wäre diese
Vorgangsweise völlig alternativlos.

„Das darfst Du nicht!", erklärte die Tochter im Brustton der Überzeugung, „Vielleicht ist das ja eine Fuchsmama mit Babys und sie hatte nur Hunger."

„So spät im Jahr haben Füchse keine Jungen mehr, und dann macht es auch nichts. Die sind sowieso eine Landplage. Einer weniger kann nur gut sein", meinte der Vater, „Was meinst Du was die für Schaden anrichten, nicht nur bei den Kaninchen, auch bei den Hühnern, und manchmal, da reißen sie sogar ein kleines Lamm. Aber natürlich nur, wenn sie noch ganz klein sind und auch nicht ganz gesund. Außerdem bringt der Fuchs die Tollwut, und die ist tödlich. Nein, Füchse kann man nicht am Leben lassen."

„Und wenn es nun gar kein Fuchs war?", fragte das Mädchen weiter.

„Was sollte es denn sonst gewesen sein?", zeigte sich der Vater erstaunt, dass man an eine Alternative auch nur denken konnte. „ Na, vielleicht ein Marder oder ein Hund", versuchte es das Mädchen, denn sie wollte nicht, dass ein Tier starb, nicht einmal das, das eines ihrer Kaninchen getötet hatte. „Dann mache ich Dir einen anderen Vorschlag. Wir werden eine

Lebendfalle aufstellen und sehen was passiert. Einverstanden?", bot der Vater an.
„Einverstanden", erwiderte das Mädchen freudestrahlend, denn sie war wirklich froh darüber, dass sie eine Lösung gefunden hatten, bei der niemand zu Schaden kam, weder ihre Kaninchen noch ein Fuchs oder was auch immer da im Kaninchenstall gewesen sein mochte.

Die kleine schwarze Hündin wusste natürlich nichts von solch einem Gespräch, nichts von einem kleinen Mädchen, dem das Herz schwer ward, wenn eines ihrer Kaninchen tot gebissen wurde. Für diese Hündin waren die Kaninchen Futter, das sie zum Überleben brauchte.

So fügt sich in der Natur eins ins andere. Die Kaninchen lebten um Hündinnen satt zu machen. So wusste sie auch nichts von Besitz oder Eigentum. Ganz gleich wo sich diese Kaninchen aufhielten, sie waren dazu bestimmt gefressen zu werden, zumindest so viele von ihnen, dass ein Raubtier satt wurde. Dass sich diese Kaninchen zufällig in einem abgezäunten Bereich befanden, das sah sie einfach als besonders praktisch an, denn es erleichterte ihr die Jagd, die sie doch noch so unerfahren war, ungemein.

Drei Tage vergingen, bevor sie sich aufmachte wieder ein Kaninchen zu erbeuten. Den Weg durch den Zaun fand sie noch immer offen, so dass sie einfach hindurchschlüpfte. Doch es waren keine Kaninchen da. Stattdessen roch sie etwas anderes. Frisches Fleisch, das in einem weiteren Käfig lag. Rasch schlüpfte sie hinein, begierig das Fleisch fassend. Im selben Moment vernahm sie ein metallisches Geräusch. Dann war alles still. Rasch wandte sie sich um, aber der Eingang war nun versperrt.

„Was haben wir denn da Hübsches", vernahm sie eine menschliche Stimme neben sich. Sie kam von einem Mann, der neben dem Käfig, in dem sie saß, kniete.
„Eigentlich zu schade um erschlagen zu werden", sprach er weiter, während er sie begutachtete. Ängstlich drängte sich die Hündin, die bis jetzt keinen näheren Kontakt mit den Menschen gehabt hatte, in einen Winkel des Käfigs, als könnte sie damit erreichen, dass er sie nicht zu fassen bekam.

„Du sollst mir noch was einbringen", meinte er noch, als er den Käfig hochhob und wegtrug, mitsamt der zitternden Hündin.

Was würde mit ihr geschehen? Wohin würde sie gebracht werden? Sie wusste nichts, spürte nur instinktiv, dass es nichts Gutes zu bedeuten hatte. Aber sie fand keinen Ausweg. Hilflos war sie dem Menschen, in dessen Falle sie gegangen war, ausgeliefert. So verfrachtete er den Käfig in sein Auto und fuhr los.

Für die Hündin, die auf all diese nicht vorbereitet war, nicht vorbereitet sein konnte, war jeder dieser Vorgänge erschreckend. Aber sie hatte keine Wahl. Der Motor heulte auf, der Wagen bewegte sich, lange, unendlich lange, wie es ihr erschien. Dann blieb er stehen und der Motor wurde abgestellt. Der Käfig mit seinem Inhalt wurde aus dem Kofferraum genommen und weg getragen. Sie wusste nicht wo sie war, doch es war kein guter Ort, denn es schlug ihr der Geruch nach Angst und Verzweiflung entgegen. Ausweglosigkeit wohnte hier, eine Ausweglosigkeit, für die ihr Aufenthalt in diesem Käfig erst ein kurzer Vorgeschmack gewesen war.

Nur Härte zählt

Die einen halten mehr aus, die anderen weniger.
Den einen widerfährt viel Leid in ihrem Leben,
und sie gehen dennoch nicht unter, rappeln sich
immer wieder auf. Die anderen brechen beim
leichtesten Hauch in sich zusammen. So ist es
auch bei Erbsen. Tritt auf sie, und sie wird
zerquetscht und bleibt wie sie ist. Doch diese
vierte Erbse, die herausgeschossen in einem
wilden Gestrüpp landete, sie gehörte zu jenen,
die die Geduld hatten zu warten ob da nicht
noch etwas käme, etwas, das ihr Leben änderte,
voller Hoffnung, die sich nicht zerstören ließ.
Trotz allem

* * *

Es war an der Zeit, fand der Besitzer von
Herkules, der gottgleich über ihn herrschte. Ein
Gott der Abwesenheit. Während des Tages saß
Herkules in seinem Zwinger und wartete. Sein
Gott, Zeus, gewaltig und furchteinflößend kam

ab und an. Niemand wusste wann. Es war unvorhersehbar.

So wie sich auch die Menschen einen Gott vorstellen, viele von ihnen, als eine unergründliche Macht, von der man nicht weiß woher sie kommt, noch was sie tut, doch sie wächst zu ungeahnter Größe in der Vorstellung. Herr des Futters. Herr der Freiheit. Herr über Leben und Tod. Herr über die Wirklichkeit, die einem zugestanden wird.

Herkules freute sich, wie jeder junge Hund, über die geringste Aufmerksamkeit, und um die zu bekommen, musste er seinem Herrn gefallen. So tat er zunächst was jeder andere Hund auch in seiner Lage getan hätte, er sprang seinem Herrn hinauf, sobald der die Tür zum Zwinger öffnete und zu ihm hereinkam. Das wäre der Moment gewesen gestreichelt zu werden, geknuddelt, denn Freude erzwingt Gegenfreude, so die unausgesprochene These. Viele andere, wohl die meisten, hätten auch so reagiert, hätten sich mit einem Lächeln dem Hund zugewendet und sich von dieser Freude, dieser puren Lebensfreude anstecken lassen. Hätte man sie gefragt warum

sie das taten, so hätten sie wohl geantwortet:
„Weil ich nicht anders kann."

Doch so verschieden wie die Menschen nun mal
sind, so verschieden auch ihre Reaktionen.
Selbst auf junge Hunde. Denn Zeus gefiel dieses
Benehmen gar nicht. Er wollte keinen dummen,
verspielten Hund. Bei ihm zählte nur Härte und
Distanziertheit. Sein Hund sollte ihn fürchten,
nicht lieben. Das machte ihn nur weich und
sanft. Das konnte er beim besten Willen nicht
brauchen, denn schließlich hat solch ein Hund
nur eine Berechtigung zu leben, zumindest in
seinem Haus oder besser in seinem Zwinger,
wenn er ihm einen Nutzen brachte. Seine
Beziehung zu Hunden war in seinen Augen viel
gesünder als viele andere. Emotionale Bindung?
So ein Unsinn, hätte er gesagt, wenn man ihn
gefragt hätte. Es gab einen Nutzenvertrag, der
zum beiderseitigen Vorteil war. Nichts weiter.
Er, Gott Zeus, stellte dem Hund Futter und eine
trockene Unterkunft zur Verfügung. Im
Gegenzug schuldete ihm der Hund Gehorsam
und Gefolgschaft, ganz gleich was er von ihm
verlangte. In seinem Fall war es der Kampf. Er
wollte einen Champion. Deshalb beantwortete
er Herkules spielerischen Annäherungsversuch

mit einer leichten Bewegung seines Beines, doch diese kleine, leichte Bewegung reichte völlig aus den jungen, unbedarften und noch völlig unbrauchbaren, da ungeformten Hund, an die Gitterstäbe zu schleudern. Nicht zu viel, denn ein Investitionsobjekt musste doch pfleglich behandelt werden. Und er hatte schon viel in ihn hineingesteckt.

Nicht nur den Kaufpreis, auch den Platz, den er ihm zur Verfügung stelte und das Futter nicht zu vergessen, all das musste auch wieder verdient werden. Er wendete also genau so viel Kraft an, wie nötig war um dem Hund unmissverständlich klar zu machen, wo sein Platz war und was er zu tun, doch vor allem zu unterlassen hatte. Zu Unterlassen hatte er auf jeden Fall jeglichen Annäherungsversuch, der auf Zärtlichkeit oder Verbrüderung hinausliefe, denn ihr Verhältnis war klar umrissen.

Er, Gott Zeus, war der Herr, und Herkules, der Hund, der Knecht. So einfach war das im Weltbild des Herrn. Damit trafen sich wohl die Vorstellungen von Hund und Mensch, denn nichts bietet mehr Sicherheit als ein einfaches Weltbild, bei dem vorsorglich alles ausgeklammert wird, was nicht passt und auch nicht passend gemacht werden kann.

Klare Strukturen, wenige, verbindliche Regeln, das umreißt den Zugang zur Welt für seichte Gemüter. Die Einteilung in richtig und falsch, gut und böse, schwarz und weiß. Mehr bedarf es nicht, um sich einzurichten. Mauern um den Besitz, der so selbstverständlich ist wie das Atmen. Mauern im Kopf, die verhindern, dass fremde Einflüsse etwas an der Leichtigkeit des Seins, der Verbindlichkeit des Kanons an Ge- und Verboten ändern könnte. Sie verhinderten, dass der Kopf allzu sehr benutzt wird.

Und der kleine Hund hatte verstanden. Es war eine klare Regelung. Wenn der Herr den Zwinger betrat, dann hatte er sich nicht eher zu nähern, bis es ihm gesagt wurde. Nun rief der Herr den Knecht zu sich, nachdem er sich versichert hatte, dass dieser seine Lektion verinnerlicht hatte. Kleinlaut und mit eingezogenem Schwanz kam er näher, das Bein, das ihn weggeschleudert hatte, im Auge behaltend, damit ihm auch nicht das kleinste Anzeichen entging, das darauf hindeutete, dass sich dieser Tritt wiederholen konnte. Der

Schmerz wurde nicht so schnell vergessen. So lernte der zukünftige Champion bei jedem Zusammenkommen mit seinem Herrn wie dieser sich bedingungslosen Gehorsam vorstellte. Dies bildete den ersten Teil seiner Ausbildung. Und sobald Gott Zeus überzeugt davon war, dass der kleine Hund, der völlig ungeformt und unbrauchbar gewesen war, als er zu ihm kam, er habe seine Lektion gelernt, ging er zum anderen Teil über, dem Teil der ständigen Kampfbereitschaft. Es bedurfte nicht vieler Worte. Genau genommen gar keiner, denn sein Besitzer war überzeugt, dass jedes Wort, außer dem Namen, gegenüber einem Hund eine Verschwendung sei, denn er verstand es ja doch nicht. Was der Hund viel besser verstand waren der Schmerz, der unerbittlich und sofort folgte, wenn er etwas nicht richtig gemacht hatte. Er bildete sich ein dabei völlig emotionslos zu bleiben, doch so wie er den Hund trat und damit erzog, so war er sein Leben lang getreten worden.

So wie er von anderen, die ihm aus irgendeinem Grund überlegen waren, gedemütigt worden war, so demütigte er seinen Hund. Er gab seine Erfahrungen weiter, ohne einen Gedanken. Es steckte in ihm, und auch, wenn er es niemals zugegeben hätte, so verschaffte es ihm doch eine tiefe, innere Befriedigung. Das Leiden des Hundes war ein Stellvertreterleiden, und so wie der Mensch, der ständig getreten wird, irgendwann beginnt um sich zu schlagen, so auch der Hund. Doch auch hierin folgte er dem selben Schema, denn er tritt nicht den, der ihn tritt, sondern sucht sich einen Schwächeren, der noch weniger Berechtigung hat als er.

Bald schon begann Herkules bei jedem anderen Lebewesen, das in seine Nähe kam, die Lefzen hochzuziehen und sein Raubtiergebiss zu zeigen, während er seine Geste mit einem tiefen, grimmigen Knurren begleitete. Es war die Ankündigung. Die Nackenhaare aufgestellt, sprang er, ohne jegliche weitere Vorankündigung gegen die Gitterstäbe, während er laut bellte. So sollte es sein, genau so, befand sein Besitzer. Ganz gleich wer es wagte sich seinem Zwinger zu nähern, ob Tier oder Mensch, jeder wurde auf die gleiche Weise in Empfang genommen. Nur gegenüber dem Einen, dem, der ihn gefügig gemacht hatte, der ihn gebrochen und verunstaltet hatte, in seinem Wesen und seiner Seele, nur diesem gegenüber verhielt er sich anders. Wenn dieser sich dem Zwinger näherte, setzte er sich ruhig in die hinterste Ecke und wartete still darauf, was als nächstes von ihm verlangt werden würde, was ihn erwartete. Doch auch das war noch nicht genug, denn Herkules sollte schließlich nicht nur mit seiner Wildheit abschrecken, denn damit ließen sich vielleicht verwöhnte Schoßhunde und kleine Mädchen erschrecken, nicht aber seine zukünftigen Gegner, die eine ähnliche Schule durchlitten hatten, sondern er musste auch bereit sein zu kämpfen, zu kämpfen bis alle am Boden lagen.

So begann der Besitzer ihn darauf zu trainieren auf alles loszugehen, was er für richtig befand. Auch hierin zeigte sich Herkules äußerst gelehrig. Nachdem Herkules Puppen und Stofftiere in seine Einzelheiten zerlegt hatte, sehr zum Wohlgefallen seines Besitzers, kam die Meisterprüfung. Eines Tages kam der Herr zum Zwinger. Herkules setzte sich still in seine Ecke, auch wenn er sofort aufmerksam die Ohren spitzte, denn sein Herr hatte etwas auf dem Arm, das sich bewegte und erbärmlich wimmerte. Mit diesem zappelnden Etwas betrat er den Zwinger. Dann setzte er es auf den Boden.

Herkules erkannte es sofort. Es war ein kleiner Hund. Einer von diesen Schoßhündchen, mit denen sich Damen so gerne schmückten, die mit rosa Mascherl im Haar auf dem Schoß ihrer Besitzerin saßen und mit Konfekt gefüttert wurden. Diesen kleinen Hund setzte nun Herkules Besitzer im Zwinger ab, während Herkules in seiner Ecke saß und das Treiben verfolgte. Dann verließ der Herr den Zwinger wieder.

Der kleine Hund sah sich verängstigt und verwirrt um. Dann erblickte er Herkules. Das kleine Fellbündel lief zu dem großen Hund, der immer noch ruhig und gelassen in seiner Ecke saß und sich nicht bewegte. Instinktiv schleckte der Kleine ihm das Maul ab und warf sich vor ihm auf den Rücken, ihm seinen blanken Hals darbietend, so dass er von vornherein klarstellte, wie die Rangordnung aussah. Der große IIund würde ihm nichts tun, sondern ihn beschützen. So war es vorgesehen. Herkules verzog keine Miene. Er hatte gelernt abzuwarten bis ihm gesagt wurde was er zu tun hatte. Der Kleine war eben da, doch Herkules Aufmerksamkeit war völlig auf seinen Herrn gerichtet.

Der stand vor dem Zwinger und sah dem Treiben darin zu, als er mit einem Mal den Arm ausstreckte, auf den kleinen Hund weisend, um dann die zunächst ausgestreckten Finger zu einer Faust zu ballen. Nichts weiter. Das genügte. Herkules wusste was er zu tun hatte, und wenige Sekunden später hatte er den kleinen Hund in Fetzen gerissen. Nun war er so weit. Endlich konnte er antreten um ein Champion zu werden.

* * *

Sklaven werden nicht geboren

Immer schon hat es das gegeben, immer wird es dies geben. Hierarchie ist notwendig. Jemand ist oben. Jemand ist unten. Der eine wird begünstigt vom Schicksal. Der andere nicht. Weder der eine noch der andere kann etwas dafür. Das Schicksal ist blind. Es ist ein Junge, der seine Pistole füllt und gespannt ist was passiert, wenn er die Ladung in die Welt hinausschießt. Zuletzt verließ die fünfte Erbse die Pistole und landete in einem Rinnstein, einem Platz, der nichts offenließ, weil es eindeutig war. Leben oder

sterben. Bleiben oder gehen. Wer verdrängt
wird muss gehen, wer verdrängt darf bleiben.
Nichts ist kompliziert. Im Leben ist alles einfach.
Nur der behält es, der bereit ist sich darin
auszubreiten und andere wegzudrängen.
Notfalls, indem er ihnen das Leben nimmt. So er
denn die Wahl hat. Manchmal gibt es keine Wahl

* * *

Irgendwie war es ihm schon leid gewesen um
seinen alten Hund,, den er hatte, der Jäger, um
den Hund, der nun in seinem Garten verscharrt
unter der Erde lag. Nicht um den Hund selbst,
sondern um all die Arbeit, die er in ihn investiert
hatte, was jenen Hund jedoch nicht abhielt älter
und gebrechlicher zu werden. Zuletzt konnte er
kaum mehr sehen und hörte auch schlecht. Was
sollte er mit diesem Hund? Für die Jagd war er
nicht mehr von Nutzen, und was sollte ein Jäger
mit einem Hund, der zur Jagd nicht mehr zu
gebrauchen war. Deshalb musste er weg,, denn
Futter musste er ja trotzdem noch in ihn
investieren.

Natürlich könnte man dies auch anders sehen.
Wenn der Hund jung ist, dann steht er in

Ausbildung und erbringt noch keine Rendite, also in diesem Falle keinen Beitrag bei der Jagd. Allerdings kann er dies dann in seiner aktiven Zeit wettmachen, und auch noch darüber hinaus, so dass er sich quasi sein Gnadenbrot schon vorweg erarbeitet. Damit lebte er von dem, was er vorweg an Leistung erbrachte. Aber so weit denken offenbar wenige Menschen, am allerwenigsten Jäger. Allerdings brächte es noch einen entscheidenden Nachteil mit sich, der keinesfalls von der Hand zu weisen wäre. Der Jäger hat in diesem Fall zwei Möglichkeiten. Entweder wartet er bis sein alter Hund von selber stirbt. Dann allerdings hat er bis dahin keinen Begleiter für die Jagd. Das kann sich auch noch ewig hinziehen bis er endlich krepiert. Dann erst nimmt er sich einen jungen Hund und muss wieder einige Zeit warten bis dieser endlich für die Jagd geeignet ist. Oder er nimmt sich gleich einen jungen Hund, zusätzlich zum alten. Das hätte zwei entscheidende Nachteile. Zum einen müsste er zwei Hunde durchfüttern, und zum anderen – was wohl noch viel schwerer zu gewichten ist -, der junge Hund wäre viel schwerer zu lenken und zu erziehen, weil er sich vom Alten ablenken ließe. Und welcher vernünftige Unternehmer würde eine Maschine weiterlaufen lassen, die ihrer Aufgabe nicht mehr gerecht wird. Das wäre völlig absurd.

Deshalb stand er eines Tages mit der Schaufel in seinem Garten und hob ein Loch aus. Eineinhalb Meter tief, einen Meter breit, einen Meter lang. Und sein alter, treuer Hund, der ihn nun zwölf Jahre lang begleitet hatte, der wohl bereit gewesen wäre sein Leben für ihn zu geben, der saß daneben und sah zu, sah zu, wie sein eigenes Grab geschaufelt wurde.

Zwölf Jahre gemeinsames Leben. Immer Seite an Seite waren sie gewesen. Das tat aber nichts zur Sache. Nachdem der Jäger sein Werk besehen und es als gelungen erachtet hatte, nahm er sein Gewehr, legte an und schoss. Ein ungewöhnliches Geräusch, mitten am Tag, zerriss die friedvolle Stille. Es war nur ein Moment. Dann war der Spuk vorbei.

„Sauberer Blattschuss", konstatierte der Jäger zufrieden, was durchaus eine Kunst zu nennen ist, auf einen Meter Entfernung. Das Tier hatte auf keinen Fall gelitten und keinen Stress gehabt. Das ist es ja worüber sich die verdammten Tierschützer immer so viel

Gedanken machten. Überhaupt mussten die alle miteinander unheimlich viel Zeit haben, dass sie sich über die Emotionen von Nutztieren Gedanken machten. Wer sagt denn, dass das Tier nicht schon deshalb litt, weil es seiner Aufgabe nicht mehr gerecht werden konnte, dass es nicht froh war von diesem nutzlosen Dasein erlöst zu werden. Ebenso wie die Wildtiere, die in Überzahl doch bloß Schaden anrichteten. Aber was verstanden die schon davon. Trotz aller Anfeindungen von Menschen, die keine Ahnung hatten, machte er weiter, denn er wusste, dass er das Richtige tat. Niemals wäre er wankend geworden in seiner Überzeugung. Deshalb musste er sich mit Gegenargumenten erst gar nicht auseinander setzen, denn er wusste ja, dass er recht hatte und alle anderen unrecht. Schließlich musste stimmen was man seit Jahrzehnten glaubte.

Diesen Glauben hatte er übernommen, fraglos von seinem Vater und von seinem Großvater. So lange er zurückdenken konnte waren alle Männer in seiner Familie Jäger gewesen, und alle Frauen Jägersköchinnen. Diese gute alte Tradition, die wollte er fortsetzen. Doch er hatte – das musste er sich eingestehen, zu seinem

Leidwesen – als erster Mann versagt, versagt in Erziehungsfragen. Natürlich niemals bei einem Hund, aber bei seiner eigenen Frau. Allein der Gedanke daran trieb ihm die Schamröte ins Gesicht und verursachte Magenkrämpfe.

Zuerst hatte sie wohl noch Würste gekocht und Steaks ausgelöst. Doch dann war plötzlich alles anders gewesen. Sie hatte sich schlau gemacht über die Jagd, wie sie sagte, und meinte nun, völlig Bescheid zu wissen. Verbrecher seien sie, und Mörder und Tierquäler. Das hatte er sich von seiner eigenen Frau sagen lassen müssen. Aber das war noch nicht alles, sie ließ kein Argument gelten, das er vorbrachte, und das nach fünfzehn gemeinsamen Jahren. Als wenn sie das nicht von Anfang an gewusst hätte. Schließlich war er schon immer Jäger gewesen und würde es immer bleiben. Alle seine Freunde und Bekannten verstanden es, was auch kein Wunder war, da er nur Freunde und Bekannte in Jägerkreisen hatte, aber das bedachte er nicht. Schlussendlich verlangte sie allen Ernstes von ihm entweder die Jagd zu lassen oder sie müsste ihn verlassen. Sie könne es mit ihrem Gewissen nicht mehr vereinbaren mit einem Jäger verheiratet zu sein. Er lehnte dieses Ansinnen selbstverständlich rundheraus ab, war er doch überzeugt davon, dass sie nur bluffte. Wenige Tage später war sie weg. Sie und ihre beiden Söhne. Man munkelt, dass sie nun vegan lebten. Selbst die hilflosen Buben marterte sie mit dieser gesundheitsschädigenden Kost. Zum Glück hatte er seine Mutter, die das Fleisch verarbeitete und für ihn kochte. So hatte er sein inneres Gleichgewicht wiedergefunden.

Damals hatte er noch seinen vorletzten Hund, einen der vor nichts zurückschreckte und auf der Jagd starb. Gefallen im Dienst. Er war sehr stolz auf seinen Hund gewesen, ganz anders als auf den, den er im Garten verscharrt hatte. Doch nun hatte er wieder einen jungen Hund. Alles begann wieder vor vorne. Er hätte seiner Frau gefallen, war er überzeugt, dieser junge Springinsfeld. Vielleicht war es auch so gesehen gut, dass sie weg war. Schließlich hatte er sie schon lange Zeit über im Verdacht gehabt, dass sie seine Hunde über Gebühr verwöhnte. Niemals sah er es, aber er war überzeugt davon, dass sie es tat, wenn er außer Haus war.

Diesen jungen Weimaraner würde er zum besten Jagdhund machen, den er je hatte. Das hatte er sich geschworen. Wahrscheinlich würde es auch sein letzter sein. Das hatte er sich geschworen. Schon als sie das Haus betrat, wusste er, sie wäre die richtige. Stolz erhobenen Hauptes schritt sie einher. Diese Hündin, Diana, würde sich vor nichts fürchten und vor nichts zurückschrecken. Nur den Stolz, den würde er ihr noch ein wenig austreiben. Und als es an der Zeit war mit der Ausbildung zu beginnen, nahm er das passende Halsband, legte es ihr an, um mit ihr den ersten Ausflug in den Wald zu machen. Das erste und wichtigste was sie zu lernen hatte war auf seine Kommando zu hören ohne auch nur einen Bruchteil einer Sekunde zu zögern. An die Öse des Halsbandes hängte er die Leine. Kaum waren sie ein paar Schritte gegangen, begann sie ihrer Freude Ausdruck zu verleihen, Freude über die Bewegung, doch sobald sie einen Schritt zu viel tat wurde sie gebremst. Ein paar Mal winselte sie noch, doch bald schon ging sie brav und gehorsam an seiner Seite. Wie gut er sich doch auf Hundeerziehung verstand. Seine Autorität und die Dornen auf der Innenseite des Halsbandes hatten noch jeden Hund gelehrt zu gehorchen.

IV. Der Sinn des Lebens

Alles hat seinen Sinn, und wer ihn nicht sieht, der hat ihn einfach noch nicht gefunden. Menschen haben ihren Sinn. Tiere haben ihren Sinn. Pflanzen ebenso. Auch kleine Erbsen. Menschen herrschen. Tiere unterwerfen sich. Pflanzen nutzen. Erbsen wachsen um dem Menschen, den Tieren zur Nahrung zu dienen, und die, die nicht gegessen oder gefressen werden, die fallen in die Erde und aus ihnen erwachsen neue Erbsenpflanzen. So geht alles immer weiter und alles hat Sinn. Vielleicht ist es auch gar nicht notwendig solch ein hochtrabendes Wort zu bemühen.

Zweckdienlichkeit würde es wohl eher treffen, zumindest was die Tier- und Pflanzenwelt betrifft. Diese wurden ausschließlich dazu gemacht dem Menschen von Nutzen zu sein, und das genügte dem unbeseelten Teil der Natur auch. Fast wie Steine, nur ein wenig beweglicher. Das musste man sich wohl sagen, wenn man kleine Küken in den Schredder schiebt, wenn man kleinen Ferkeln die Hoden bei lebendigen Leib ohne Narkose ausreißt, wenn man Kälber von den Mutterkühen trennt, weil die Milch nur für den Menschen bestimmt ist, wenn man Beaglen giftige Substanzen in die Augen schmiert um ein neues Haarshampoo zu testen, wenn man Hunde und Katze erschlägt, um ihnen die Haut abzuziehen oder einfach nur am Straßenrand verrecken lässt, wenn sie keinen Nutzen haben. Das musste man sich sagen, und es funktioniert auch, denn irgendwann hört man die Schreie nicht mehr, sieht das Leid nicht, sondern nur den Ertrag. Das genügt. Der Mensch herrscht.

* * *

Trotz allem zu hoffen

Die seelenlose Natur dient. Manchmal auch als Munition in der Pistole eines kleinen Jungen, der fünf Erbsen auserkor verschossen zu werden. Und die eine fiel in einen Spalt im hölzernen Fensterbrett, wo sie zu sterben drohte, ohne einen Sinn gehabt zu haben, doch der Wind bedeckte sie mit Erde, so dass sie begraben wurde, doch in diesem Grab begann ihr neues Leben. Sie streckte sich und verankerte sich mit ihren Wurzeln, und das Mädchen, das hinter dem Fenster wohnte, sah eines Tages hinaus und gewahrte, dass da etwas anders war als sonst. Da war wohl das abgewetterte Fensterbrett, so wie es immer war, doch auf diesem Fensterbrett war etwas Grünes sichtbar, etwas, das zuvor nicht dagewesen war, ein Spross, ein winziger Spross, der Leben verhieß. Und das Mädchen freute sich, dass das Leben inmitten der Trostlosigkeit Wurzeln geschlagen hatte, sich aus dem Grab erhob und wuchs.

* * *

Die namenlose Hündin, die seit Stunden auf der Straße lag, weil sie ihre Beine nicht mehr gebrauchen und sich nicht in Sicherheit bringen konnte, die von Menschen gesehen und ignoriert worden war, hatte dennoch nicht aufgegeben und ihr Winseln erschallen lassen.

Vielleicht würde es jemand hören und nicht so tun, als gäbe es dieses nicht. Vielleicht würde es jemand hören, der nicht einfach vorbeiging oder die Fenster schloss. Vielleicht würde sich jemand erweichen lassen und sie von der Straße wegbringen, irgendwohin.

Erst als sie die Berührung spürte ließ sie sich fallen, hinein in eine schmerzlose Ohnmacht. Es waren die Hände einer Frau, die sie berührten, einer Frau, die gerade von ihrer Arbeit nach Hause gekommen war. Ihr Mann hatte die letzten Stunden in seinem Arbeitszimmer verbracht, ungestört und abgeschlossen von der Welt. Doch die Frau war nach Hause gekommen und hatte ihn herausgescheucht, denn sie wollte ihm erzählen, von ihrem Erleben und wollte sich erzählen lassen, von dem, was er ihr berichten wollte. Sie standen in der Küche am offenen Fenster und tranken Kaffee. Plauderten und lachten. Sie lachten miteinander, weil die Freude in ihrem Heim wohnte und die Zuversicht. Da drang ein Laut herein, der sich zwischen die Freude und die Zuversicht quetschte, wie ein Misston in eine bis dahin sauber gespielte Klaviersonate. Sie stellten ihre Kaffeetassen ab und lauschten, brachten selbst ihre Freude und Zuversicht dazu leiser zu klingen. Da kam es wieder, und diesmal eindeutig. Es war der Schmerzenslaut eines verletzten Tieres, das wohl irgendwo dort draußen lag und auf Hilfe wartete. Irgendwo, doch allenfalls in Hörweite. Und wie es bei Menschen, in deren Leben Freude und Zuversicht wohnen, so üblich ist,

119

überlegten sie keinen Moment länger, liefen aus dem Haus um zu helfen.

Sie brauchten auch nicht lange zu suchen, bloß dem Geräusch des Winselns nachzugehen. Keine zehn Meter von ihrem Haus entfernt lag die Hündin, die namenlose Hündin und winselte. Die Frau kniete sich neben sie und besah sich ihre Verletzungen.

„Der Hund ist sicher von einem Auto angefahren worden", rekapitulierte sie rasch ihrem Mann gegenüber, „Hol schnell eine Decke, wir müssen ihn zum Tierarzt bringen."

Ohne ein weiteres Wort wandte er sich um und lief zurück ins Haus, während die Frau ihre Hand so sanft wie möglich auf das kurze, struppige Fell legte. Die Hündin war verdreckt und stank, aber das spielte im Moment alles keine Rolle, denn es ging nun darum zu sehen ob man ihr das Leben retten könne oder, wenn dies nicht möglich wäre, sie zumindest sanft von ihren Schmerzen zu erlösen. Es wäre schön, wenn sie sich dann darum kümmern könnten sie wieder sauber zu bekommen, denn das hieße, dass sie wieder gesund geworden wäre, aber bis dahin war es noch ein langer Weg. Das war der Frau sofort klar gewesen, auch ohne medizinische Fachkenntnisse.

Kaum hatte die Frau ihre Hand auf das struppige Fell des Hundes gelegt, hörte das Winseln auf und die Hündin schloss die Augen. Nein, sie war nicht tot, nur beruhigt, ein wenig, denn sie wusste nun, dass jemand da war, für sie da war. Ganz gleich was das bedeuten mochte. Es war jemand da, und sie war nicht mehr alleine. Irgendwo im Hintergrund nahm sie noch wahr, dass die Frau sprach, sanft und mit leiser Stimme. Es beruhigte die Hündin.

„Ich werde Dich Codita nennen", sagte die Frau, denn das bedeutet Stummelschwänzchen, und die namenlose Hündin war eine unter Tausenden, die in Rumänien lebten, aber nur eine von wenigen, die nicht elendiglich krepieren müssen, wenn sie von einem Auto angefahren werden.
„Wir werden alles dafür tun, dass Du wieder gesund wirst", sprach die Frau weiter, als der Mann zurückkam mit der Decke. So vorsichtig wie es ihnen irgend möglich war, hoben sie die kleine Hündin, die nun nicht mehr namenlos

war, sondern Codita hieß, weil sie so ein kleines Stummelschwänzchen hatte, auf die Decke und brachten sie zum Tierarzt. Und dieser Name war mehr als die Möglichkeit sie zu rufen. Er war ein Versprechen, dass sie von nun an jemanden haben würde, der sie behütete.

Wenige Minuten später lag Codita am Untersuchungstisch des Tierarztes, der sich, trotzdem sie außerhalb der offiziellen Ordinationszeiten gebracht worden war, sofort bereit erklärte sich um die kleine Patientin zu kümmern. Schon auf den ersten Blick sah er, dass die Hündin sehr schwer verletzt war. Nach der ersten Untersuchung stellte er fest, dass beide Vorderbeine gebrochen waren und möglicherweise auch das Rückgrat, denn die Hinterbeine waren zwar nicht gebrochen, hingen aber herab, als wären sie völlig ohne Leben. Erst wenn das Röntgen gemacht wäre, würde man Gewissheit über das Ausmaß der Verletzungen haben.

„Tun Sie alles, was in Ihrer Macht steht um Codita zu retten", erklärte der Mann energisch. Und wenn es jemand gehört hätte, jemand aus der Nachbarschaft oder aus der Umgebung, der hätte sich gedacht, was für eine Verschwendung, bloß für einen Hund. Genügte da unter solchen Umständen nicht ein Schlag mit dem Hammer auf den Kopf? So könnte man sie auch von ihren Leiden erlösen. So viel Geld investieren in einen Hund, und dabei wäre man sich noch nicht einmal sicher ob es was bringt. Was, wenn sie dann doch noch stirbt. Das Geld wäre weg. Das ganze schöne Geld beim Fenster rausgeschmissen. Doch das störte die beiden nicht. Sie wollten, dass der Arzt alles tat was in seiner Macht stand um zu retten.

Bald schon lag die Wahrheit auf dem Tisch. Das Rückgrat war zwar heil, bloß eine vorübergehende Lähmung, aber die beiden Vorderbeine waren gebrochen. Das eine war ein sauberer Bruch, doch der andere Knochen war zertrümmert, und es würde einer langwierigen Operation bedürfen, diesen Knochen wieder intakt zu bringen.

„Machen Sie was Sie machen müssen", erklärte der Mann mit Überzeugung, „Ganz egal was es kostet." Denn ein Hund, der einen Namen hat, dessen man sich mit der Namengebung angenommen hat, dem verweigert man die Hilfe nicht mehr. Codita würde alles bekommen was sie brauchte, darüber waren sich der Mann und die Frau einig. Und es bedurfte nicht eines Wortes um sich gegenseitig dessen zu versichern. Es war für sie so selbstverständlich wie Luft holen. Der Tierarzt nickte. Daraufhin schickte er die beiden nach Hause. Er müsse in Ruhe arbeiten und sie könnten im Augenblick nichts tun.

Bange Stunden folgten. Die Zuversicht wohnte noch in dem Haus, doch es hatte sich die Sorge dazugesellt, die Sorge um ein Lebewesen, von dem sie bis vor Kurzem noch nicht einmal wussten, dass es existierte, und das sie doch schon ins Herz geschlossen hatten. Die Sorge, die sie nicht ruhen ließ, die ihre Gedanken verseuchte und jede Konzentration unmöglich machte. Bange Stunden, die sich zogen wie Kaugummi. Sie hatten das Gefühl, die Zeit war stillgestanden, und sie müssten für immer in diesem Zustand der Ungewissheit ausharren, doch in den frühen Morgenstunden kam der Anruf. Das Klingeln riss sie aus einem unruhigen, leichten Schlaf, der sich letztendlich doch noch ihrer erbarmt hatte. Doch sie waren sofort hellwach.

„Was ist mit Codita?", fragte die Frau, die
schneller war und das Gespräch entgegennahm.
„Es geht ihr den Umständen entsprechend gut",
hörte sie, und atmete hörbar auf, „Doch man
muss sehen wie es sich weiter entwickelt. Sie
können sie in zwei Stunden holen. Dann wird sie
aus Narkose erwacht sein und wir werden mehr
wissen. Ich möchte aber noch nichts
versprechen." Damit legte sie auf.

Zwei Stunden später waren sie beim Tierarzt.
Codita war zwar noch benommen, doch sie hatte
die Augen schon geöffnet und die Frau meinte
Dankbarkeit aus ihrem Blick lesen zu können.
Sacht legte sie wieder die Hand auf das
struppige Fell und das kleine
Stummelschwänzchen bewegte sich hin und her,
als wollte sie den Menschen begrüßen, der sie
erstmals ohne böse Absicht berührt hatte.

In den nächsten Wochen erholte sie sich schnell.
Während dessen hatten die Frau und der Mann
auch die Besitzerin ausgeforscht, und sobald es
möglich war, brachten sie Codita zurück. Denn
sie konnten die Hündin nicht behalten. Die
Besitzerin nahm es hin. Auch dass Codita einen

Verband auf dem einen Vorderbein und eine Verschraubung auf dem anderen hatte. Es war eben so. Und der Mann und die Frau hatten den Eindruck, dass es ihr egal war was passierte und ob die Hündin je wiedergekommen wäre. Aber sie war nun mal die Besitzerin.

„Wie kann man nur so gleichgültig sein?", fragte die Frau empört, als sie sich wieder in ihren eigenen vier Wänden aufhielten.
„Es ist nun mal so", versuchte der Mann sie zu beruhigen, der ihren Unmut dennoch sehr gut verstand, „Die Menschen sind so. Das wirst Du nicht ändern."
„Aber nicht alle!", warf die Frau ein.
„Nein, nicht alle", gab er zu, „Aber viele. Schau, Codita geht es gut, und sie ist ja nicht weit weg. Wir können doch jederzeit nach ihr sehen."

Damit gab sich die Frau zufrieden, auch wenn ihr das Herz schwer war. Aber Codita war zumindest wieder bei ihrer Familie, denn es war der Frau durchaus nicht entgangen, dass es in dem Hof vor Hunden wimmelte, und dass da auch ein großer Garten war. Sie hatte ein zu Hause und eine Familie. Zumindest das. Und sie tobte auch schon wieder herum, so weit ihre

Verletzung es zuließ. Die Frau redete sich ein, dass es gut so war. Zumindest versuchte sie es.

* * *

Seid fruchtbar und vermehret euch

Die kleine Erbse, die sich in Sicherheit wähnt, die meint, sie wäre auf der Sonnenseite des Lebens gelandet, die erwacht plötzlich und alle ihre Hoffnungen und Träume sind wie ausgelöscht, weil sie – wodurch auch immer – an einen Ort vertragen wurde, der dem Leben abträglich ist. Und dem Fortkommen. Und es gibt nichts, was sie dagegen tun könnte. Sie hat keine Wahl. Hatte niemals eine gehabt, weil sie eben nichts weiter war, als eine kleine Erbse.

* * *

Lana, die semmelfarbene Labradorhündin, saß noch immer im Auto. Sicherheitshalber hatte er sie drinnen gelassen. Sonst riss sie ihm zum Schluss noch aus, und solch eine schöne Hündin, das war ein echter Glücksgriff. Die wohnen sonst nur in noblen Häusern, und einer wie er käme gar nicht einmal in die Nähe eines solchen

Hundes. Doch diese Hündin, die war ihm geradewegs vor die Füße geweht worden. Es gab also doch noch einen gnädigen Gott.

Behänd stieg er aus. Sein Kommen war jedoch nicht unentdeckt geblieben. Vielstimmiges Bellen erklang. Von all jenen Hunden, die noch die Kraft dazu hatten. Eine verhärmt wirkende Frau kam auf ihn zugeeilt. Misstrauisch musterte sie ihn. Ihre Augen waren kaum größer als Schlitze und das dünne Haar wurde von einem Kopftuch gehalten, so dass es nur an einigen Stellen sichtbar war. Vielleicht war es auch verrutscht.

„Gelobt sei Jesus Christus", beeilte sich der Mann zu sagen.

„In Ewigkeit. Amen", erwiderte sie rasch, „Was ist? Was willst Du Halunke hier?"

„Ich habe diesmal eine Hündin für Dich, die ist wirklich erste Sahne", erwiderte er.

„Das hast Du mir das letzte Mal auch erzählt, und dann war sie nicht zu gebrauchen. Im Fluss habe ich sie ertränken müssen. Schade um das Futter", gab sie zurück.

„Dann schau sie Dir an, die kommt aus einem exquisiten Stall", versuchte er die Frau auf seine

Seite zu ziehen. Als die Frau Lana sah wusste sie was er meinte.

„Hör zu, das Geld bekommst Du, wenn ihr erster Wurf in Ordnung ist. Ich kaufe nicht mehr die Katze im Sack", herrschte sie ihn an.

„Dann lass doch mal einen ordentlichen Rüden ran. Bei dem Pack kann ja nichts werden. Die Hündinnen können nichts dafür", ging er jetzt auf Konfrontation.

„Ach ja? Meine Rüden sind schuld? Willst Du mir etwa erzählen, ich verstünde nichts von meinem Geschäft?", keifte sie zurück, „Weißt Du was, dann hau ab. Hunde gibt's wie Sand am Meer."

„Ist ja gut. Dann gib mir wenigstens die Hälfte", versuchte er nun einzulenken.

Wenige Minuten später wurde Lana ausgeladen und in einen Raum geführt, der wohl früher ein Stall gewesen war. Kein einziges Fenster erhellte diesen. Die Luft war stickig, so dass es schwer war zu atmen. Von allen Seiten hörte sie klägliches Winseln. Der Raum war in viele kleine, gemauerte Kabinen unterteilt, die jeweils mit einer Gittertür abgeschlossen waren. In eine dieser Kabinen wurde Lana geführt und hinter ihr zugesperrt. Der Boden war hart, und wenn er mal mit Stroh ausgelegt gewesen war, so war von diesem nun nicht mehr viel übrig. Lana rollte sich zusammen. Was wohl als nächstes passieren würde? Sie hörte noch wie das Auto abfuhr. Sie blieb allein. Auch wenn sie wusste, dass hier noch viele weitere Hunde waren, so konnte sie sie doch nicht sehen, konnte nicht zu ihnen. Alles was sie hörte, war ihr Klagen.

Eines Tages wurde sie aus ihrem Verlies geholt und einem Rüden zugeführt, und als der Deckakt beendet war, wurde sie wieder zurückgebracht. Ganz alleine brachte sie ihre Welpen zur Welt. Acht waren es, geboren in einer gemauerten Kabine, die kaum so groß war, dass Lana sich darin umdrehen konnte, in der sie nur sporadisch Futter und Wasser bekam, und in der sie nie das Tageslicht sah. Ihre Welpen wussten noch nicht einmal was das war, Tageslicht. Sie hingen an ihren Zitzen und saugten ihr die Kraft aus.

Abgeschnitten von der Welt draußen hatte sie ihre Jungen großzuziehen, inmitten von Dreck und Unrat. Wobei großziehen schon übertrieben war, denn kaum acht Wochen alt, wurden sie ihr entrissen. Viel zu früh, und sie blieb zurück, mit wunden, vollen Zitzen, erschöpft und ausgelaugt. Manche der Zitzen waren von den Kleinen wundgebissen worden, so dass sie sich entzündeten. Und zu der ganz normalen Pein des Weggesperrt seins, gesellten sich die Schmerzen der entzündeten Stellen. Kaum waren die Wunden verheilt, wurde ihre nächste Läufigkeit ausgenutzt und sie wurde wieder gedeckt. Eine Maschine war sie im Augen ihrer Halterin.

„Macht euch die Erde untertan", stand doch in der Bibel, und die Frau, die die Hündinnen immer und immer wieder decken ließ, hatte ihre ganz eigene Auslegung von dieser Bibelstelle. „Alles was auf dieser Erde kreucht und fleucht soll dem Menschen von Nutzen sein", pflegte sie zu sagen.

Und diese Hündinnen, die hausten wie die Tiere, sich von jedem Rüden bespringen ließen, waren für sie der größte Abschaum. Dass diese Art der Haltung etwas mit ihr zu tun haben könnte, auf den Gedanken verfiel sie nicht.

„In der Natur würden sie es auch nicht anders machen", war ein weiterer ihrer Standardsätze, und deshalb war es legitim, dass sie diese Tiere ausbeutete, so lange es ging.

Natürlich hätte ein kluger Betriebswirt, so weit es solche gibt, einwenden können, dass ein Investitionsobjekt umso länger Ertrag bringt, desto besser es gewartet wird. Aber es gab keinen Betriebswirt, der sie darauf hingewiesen hätte. Schließlich waren die Investitionskosten minimal. Ihr Zugang war simpel. Sie wollte so viel wie möglich herauszuschlagen, um dann die Hündin zu entsorgen. Spätestens, wenn die Jungen keine Qualität mehr aufwiesen oder sie nicht mehr empfingen, wurden sie entsorgt, gebunden an den Pfoten, mit einem Stein beschwert im Fluss versenkt. Das machte die wenigste Arbeit. Manchmal hatte sie auch einfach Lust darauf diesem nichtsnutzigen Vieh den Schädel einzuschlagen. Das tat sie dann auch. Aber das war eher selten. Nicht, weil es ihr keine Freude bereitet hätte, sondern weil es manchmal sehr anstrengend war. Oftmals genügte nicht ein Schlag, sondern mehrerer. Das verdammte Vieh wollte einfach nicht verrecken. Da war das Ertränken schon einfacher, und mit dem Alter ließen auch ihre Kräfte nach. Einmal war es sogar so weit gekommen, dass sich eine

Hündin gegen sie gewandt hatte. Verzweifelt kämpfte sie um ihr Leben. Als wenn daran irgendetwas gewesen wäre wofür es sich zu kämpfen gelohnt hätte. Seelenlos und ohne Verstand wie sie der Herrgott nun einmal gemacht hatte. Zweckdienlich, nichts weiter.

Immer und immer wieder wurde Lana gedeckt. Immer und immer wieder wurde sie trächtig und brachte Welpen zur Welt. Sie hingen an den Zitzen, und die Wunden heilten nicht mehr. Vielmehr bildeten sich Geschwüre. Die Schmerzen waren beinahe unerträglich, aber sie konnte nicht aus. Einmal biss sie in ihrer Verzweiflung alle ihre Welpen tot. Man hätte es fast als einen Akt der Gnade sehen können, denn Lana wusste instinktiv, dass ihre Zitzen nicht mehr genug hergaben um die Welpen am Leben zu erhalten, und so wären sie sowieso verhungert. Der Gestank nach Verwesung breitete sich bereits im ganzen Stall aus, bevor es bemerkt wurde. Fuchsteufelswild war die Frau.

„Na warte", zischte sie durch die Zähne, „Dich werde ich lehren mir meinen Verdienst streitig zu machen. Sobald ich vom Markt zurück bin, werde ich Dich im Fluss versenken. Ich hätte das schon längst tun sollen, denn für Deine Bälger habe ich fast nichts mehr bekommen. Aus einem guten Stall solltest Du gekommen sein? Bloß verweichlicht haben sie Dich, aber in ein paar Stunden mache ich diesem Elend ein Ende. Du wirst mich nicht mehr länger belasten." Sprachs und verschwand.

Lana hatte aufgegeben. Erschöpft und schmerzgebeutelt blieb sie einfach liegen. Selbst die toten Welpen waren nicht weggenommen worden, als Zeichen ihrer Schmach. Eigentlich wartete sie nur mehr darauf, dass es vorbei sein möge, und das möglichst schnell.

* * *

Ein guter Fang

Manchmal peitscht der Regen übers Land. Stunden- und tagelang. Man möchte meinen, dass es niemals endet. Wenn man sich dann vorstellt, dass der Himmel weint, weint über all die Grausamkeiten, die Menschen verüben, dann möchte man verstehen, wenn der Himmel nicht zu weinen aufhören wollte, auch wenn es letztlich nicht stimmt. Sonnenschein, Regen, Wolken, alles bloß meteorologische Erscheinungen, und doch scheint der Mensch nicht müde zu werden alles auf sich zu beziehen. In Wahrheit hat der Mensch weder in einem helio- noch in einem geozentrischen Weltbild gelebt, sondern immer nur und ausschließlich in einem anthropozentrischen. Vieles wird dadurch verstehbar. Die Aneignung. Die Inbesitznahme. Die Beschlagnahmung. Die Nutzung. Von anderen Menschen, von Tieren, und auch von kleinen grünen Erbsen. Es war die dritte Erbse, die von einem Wildschwein aufgefressen wurde und in seinem Magen verschwand.

* * *

Traumlos war das Leben. Traumlos und verloren. Wege aus der Finsternis gab es viele, immerzu, doch es gibt manche Finsternis, die bleibt, aus der jeder Ausweg versperrt ist. Für immer. Kann sein, auch für immer. An diesem Ort, an dem die schwarze Hündin gebracht worden war, war eine jener Finsternis. Ohne Ausweg. Vor der Türe wartete die Moral und die Einsicht und auch die Empathie. Niemand

135

öffnete. Der Schlüssel ward fortgeworfen, schon lange Zeit zuvor, so dass das Schloss verrostete und sich nicht mehr öffnen ließ, nicht einmal mit einem Schlüssel. Man hätte den Ort dieser Finsternis niederreißen müssen. Das war die einzige Möglichkeit ihr zu entkommen. Aber vielleicht war die Moral gar nicht abhanden gekommen, gar nicht ausgesperrt, sondern nur in eine passende Form gebracht worden. In die Form einer Moral der Finsternis.

So hat jeder Mensch und jeder Ort seine eigene Moral. Man darf sie niemals absprechen. Verstehen muss man sie ja nicht.

Das Auto hatte gehalten, an diesem Ort der Finsternis. Der Mann war ausgestiegen, fortgegangen und wiedergekommen. Die schwarze Hündin saß in ihrem Käfig und drückte sich in der rechten hinteren Ecke an die Gitterstäbe, als könnte sie mit ihnen verschmelzen und so unsichtbar werden. Was war nur geschehen? Sie hatte doch nur Hunger gehabt und diesen gestillt.

Die Menschen hatten so viele Kaninchen. Sie nicht eines. Jetzt hatten die Menschen eines weniger. Was tat das schon? Wozu hat man mehr als man im Moment fressen kann?

Dann kam der Mann wieder und mit ihm ein anderer. Es war ein großer, derber Mann, mit einer weißen Schürze angetan, so wie Fleischer sie tragen. Die Heckklappe des Autos wurde geöffnet, so dass der Blick frei war auf den Käfig, in dem die schwarze Hündin saß, zitternd, mit eingezogenem Schwanz. So sehr sie auch versuchte sich unsichtbar zu machen, es hatte keinen Sinn, der Mann mit der Schürze sah sie. Einige Zeit stand er nur da und sah sie an. Aus kleinen, wässrigen Knopfaugen starrte er sich an, musterte sie eingehend. Die Hündin versuchte verzweifelt vor ihm zurückzuweichen. Das war natürlich unmöglich. Endlich nickte der Mann. Es geschah bedächtig.

„Wirklich, nicht unbrauchbar", stellte er fest, „Man müsste sie noch waschen und ein wenig aufpäppeln, so dass das Fell wieder glänzt, aber sie hat eindeutig Potential", stellte er fest, „Doch Du wirst verstehen, dass ich nicht so viel zahlen kann. Bei all den Arbeiten, die ich vorweg noch machen muss."

„Ist mir egal", erwiderte der Mann, der die Hündin gebracht hatte, „Mich interessieren nur meine Kaninchen, dass da kein Köter glaubt, vorbeistreunen zu können und mir nichts Dir nichts meine Kaninchen fressen kann, ohne dass ich dagegen etwas unternehme."

Offenbar genügte das um sich einig zu werden, denn die Männer schüttelten einander die Hand, woraufhin der Mann mit der Schürze den Käfig aus dem Auto hob. Mitsamt der Hündin. Während das Auto davonfuhr, wurde sie an vielen weiteren Drahtkäfigen vorbeigetragen, die vollgestopft waren mit Hunden. Viel zu wenig Platz für den Einzelnen, doch es sollte ja kein langer Aufenthalt sein. Manche hatten es noch nicht aufgegeben zu Bellen oder zu Winseln oder zu Heulen. Andere saßen, an die Stäbe gedrängt, nur mehr apathisch da und hatten sich ergeben. Wem oder was auch immer. Ausweglosigkeit hatten sie gespürt und gerochen. Von diesen Käfigen ging sie aus. Und dazwischen, an langen Schnüren ausgespannt, hingen schön säuberlich in Reihen die Kadaver. Auch die wurden verkauft.

Vielleicht wurden sie in der Wurst untergemischt. Die modernen Hochleistungszerkleinerer waren schon so leistungsstark, dass alles was hineinkam zu einem einheitlichen Brei verarbeitet wurde. Rindfleisch genauso wie Hundefleisch. Knochen, Sehnen, Knorpel, Innereien, oder was der tote Körper sonst noch so aufzuweisen hatte. Musste auch kein Tier sein. Genauso gut ließ sich das mit einem Menschen machen. Da blieben keinerlei Spuren. Selbst die moderne Forensik würde hier keinen Anhaltspunkt mehr finden, denn die Maschinen trieften vor Blut. Auch wenn man es nicht mehr sah. Aber zumindest waren die Tiere tot, wenn sie da hineingeworfen wurden. Immerhin. Da erging es ihnen besser als männlichen Küken, die gleich lebend in den Häcksler kamen, oder auch ins Gas. Je nachdem. Tot zu sein ist manchmal doch eine wählbare Option. Doch so war es im Plan des Lebens eigentlich nicht vorgesehen. Vielleicht wurden die Kadaver, die hier hingen auch zu Tierfutter verarbeitet, Hochleistungstierfutter für Rinder. Auf jeden Fall wurde nichts verschwendet. Ganz im Sinne der Nachhaltigkeit in der Produktion. Damit konnte man sich schon brüsten.

Und immer noch ging es vorbei an unzähligen Käfigen. Hunderte waren das wohl, als endlich der Käfig weitergegeben wurde.

„Wasch den Köter und schau, dass er was Ordentliches zu fressen bekommt, damit das Fell wieder ordentlich aussieht!", wies der Mann mit der Schürze eines Fleischers den anderen an.

Wortlos nahm dieser den Käfig entgegen und ging mit der Hündin in einen fensterlosen Raum. Er war weiß gekachelt. Dort nahm er die Hündin aus dem Käfig und wusch sie gründlich sauber. Danach trocknete er sie ab und gab ihr so viel Futter wie sie vertragen konnte. Hänsel war von der Hexe auch gemästet worden. Doch der Vergleich hinkt, denn Hänsel sollte ja fett werden. Die Hündin nur ein glänzendes Fell bekommen. Mit großer Gier verschlang sie alles was ihr hingestellt wurde. Henkersmahlzeit. Sie wusste nichts davon, nur, dass sie Hunger hatte. Das Kaninchen war ihr nicht vergönnt gewesen, auch nicht mehr die Freiheit. Dann kam sie in den Käfig zurück und wurde neben all die anderen Käfige gestellt, die am Hof standen. Satt und müde rollte sie sich zusammen und schlief sofort ein.

Vielleicht träumte sie auch. Von der Freiheit und einem Gefährten an ihrer Seite. Von einem Stall voller Kaninchen, die nur für sie bestimmt waren. Von einem Platz an der Sonne, einem Ort, an dem sie sich nicht mehr verstecken musste. Von einem Haus, in dem sie Unterschlupf finden konnte, wenn es draußen ungemütlich und kalt wurde, in dem sie sich aufwärmen konnte. Von einem Leben, das eigentlich jeder Kreatur zusteht. Sie hätte wohl auch allen Grund zu träumen gehabt, denn sie war noch jung und hatte noch viel Zeit zu leben. Eigentlich hätte sie es gehabt, sollte nicht jemand kommen und sich anmaßen in diese vorgegebene Lebensspanne einzugreifen und sie zu verkürzen. Aber davon wusste sie nichts. Denn besitz- und heimatlos, so wie sie in dieses Leben eingetreten war, lebte sie ausschließlich im Moment, in dem ihr nichts mangelte und den Schlaf der Gerechten schlief.

* * *

Leben oder Tod

Es ist der Kampf um die knappen Ressourcen, der das Leben ausmacht, der Kampf um den

141

Platz an der Sonne, jeden Tag, jeden Moment. Es geht um Futter und um die Möglichkeit sich fortzupflanzen. Der Mensch hat gelernt vorzusorgen. Er legt sich Vorräte an. Er sichert sich Fortpflanzungsmöglichkeiten, verkappt in Moral. Er baut sich Häuser, um in Sicherheit zu sein.

Die Tiere bleiben draußen, sollen sich in den Teil der Natur zurückziehen, den der Mensch ihnen übriggelassen hat, in seiner Großherzigkeit, die so lange währt, bis er meint nun auch diesen Teil zu brauchen. Er hat immer einen guten Grund sein Territorium noch weiter auszudehnen. Koste es wessen Leben es wolle.

Doch sie kehren zurück, brechen ein in die Refugien der Menschen. Einbrecher darf man vertreiben, denn das Land gehört den Menschen.

Irgendwann gab jemand eine Besitzurkunde aus, irgendwann vor undenklichen Zeiten. Da stand es drinnen. Mach Dir die Erde untertan. Und der Mensch hat gehorcht, und gehorcht nach wie vor. Zum Schaden aller. Auch wenn er es selbst erst als letzter merkt, so führt dieser Gehorsam in den eigenen Untergang. Und selbst die eine kleine Erbse, die die andere verdrängt, tut letztlich nichts anderes.

* * *

Klarheit, Überschaubarkeit und Definitionen, die keine Alternativen zulassen, so müsste das Weltbild gestrickt sein, dass sich viele darin wohlfühlen. Manche sehen ein, dass es eben nicht so einfach ist, dass man bereit sein muss sich auf Differenzierungen einzulassen. Andere merken es wohl, nehmen es aber nicht hin, sondern machen sich diese Klarheit selbst, eingebunkert in ihrer eigenen Sicht der Dinge und Lebensweise. Sein Leben war der Hundekampf.

Nicht nur, weil er den Kampf an sich liebte, sondern auch weil er mit seiner Vorliebe auch noch gutes Geld verdiente. In diesen Kampf schickte er Hunde.

„Warum kämpfst Du eigentlich nicht selbst, sondern lässt andere ihren Kopf für Dich hinhalten?", hatte eine Freundin ihn gefragt, bevor sie ihn verließ, dereinst, „Bist Du zu feige dazu?" Dabei war er keineswegs zu feige. Vor vielen Jahren hatte er selbst gekämpft, doch er war einfach nicht gut genug gewesen.

Irgendwann musste er einsehen, dass seinen Kräften Grenzen gesetzt waren. Dazu kam noch, dass er in der Liga, in der er kämpfte, niemals so viel verdienen würde, um seinen Lebensunterhalt bestreiten zu können.

Am Abend seines letzten Kampfes ging er ausnahmsweise zu Fuß nach Hause. Es war kein weiter Weg und der Abend war angenehm lau. Da vernahm er plötzlich aufgeregte Stimmen. Sie drangen aus einem Hinterhof.

„Was da wohl vor sich ging?", dachte er sich noch. Er gab seiner Neugierde nach und folgte dem Geräusch. An diesem Abend wohnte er seinem ersten Hundekampf bei. Er war sofort fasziniert von der Ausdauer und der Kampfeslust, mit der die Kontrahenten aufeinander losgingen. Völlig rücksichtslos, auch gegenüber sich selbst, warfen sie sich in die Schlacht. Da gab es kein Zaudern, kein Zögern. Völlig kompromisslos fielen sie übereinander her, und ließen erst wieder voneinander ab, wenn einer von beiden wirklich unterlegen war und keinen Widerstand mehr leistete.

Mittlerweile waren einige Jahre vergangen und er selbst konnte auf eine Reihe von Champions zurückblicken. Nun hatte er wieder einen Hund, Herkules, der versprach ein Champion zu werden. Doch ob sein Gefühl richtig war, das zeigte sich immer erst im ersten Kampf. Kein Training, keine Vorbereitung kann so gut sein, dass der Hund im richtigen Kampf nicht doch noch kneift und den Schwanz einzieht. Er hatte solche Situationen schon erlebt, in denen protzige, kraftstrotzende Rüden wie die kleinen Mädchen flennten, wenn es darauf ankam. Er konnte sich darüber auch leicht amüsieren, denn ihm war das noch nie passiert.

Normalerweise konnte er sich auf seinen Instinkt verlassen. So schob er an diesem Abend seinen zukünftigen Champion in den ersten Kampf, und bereits nach wenigen Minuten stand fest, dass er sich in Herkules nicht getäuscht hatte. Fast spielerisch unterwarf er seinen Gegner. Endlich brachte er etwas ein, und kostete nicht nur. Die Investition würde sich rechnen, sehr bald schon. Zehn Kämpfe, überschlug er im Kopf, würde es dauern, bis er seine Anfangsinvestitionen hereingebracht hatte. Ab dem elften Kampf würde er verdienen.

Dabei rechnete er nur das Preisgeld, denn aufs Wetten hatte er sich niemals eingelassen, und hatte auch nicht vor es jemals zu tun. Dazu war ihm der Ausgang doch zu ungewiss.

Herkules schlug sich tapfer. Während die Gegner schwer verletzt aus dem Ring geholt wurden, hielten sich Herkules Verletzungen in Grenzen. Diese kleinen Wunden konnte er selbst versorgen, so dass er nichts zusätzlich investieren musste. Allerdings achtete er darauf erst dann zum nächsten Kampf anzutreten, wenn sich Herkules vom vorangegangenen wirklich restlos erholt hatte. Hätte er dies nicht getan, wäre sein Investitionsobjekt vor der Zeit kaputt gegangen. Das konnte er nicht riskieren.

„Zu feige?", dachte er, als er Herkules an diesem Tag für den Kampf vorbereitete, „Nein, ich bin nicht zu feige, denn wenn ich feige wäre, dann wären es auch meine Hunde!"

So überzeugend er auch immer sein mochte, warum blieb dann das unangenehme Gefühl sich ständig beweisen zu müssen. Vor allem, wem gegenüber?

Es war der elfte Kampf. Gott-Zeus war bester Laune. Nicht nur, dass ihn Herkules bis jetzt nicht im Stich gelassen hatte, er war aus den ersten zehn Kämpfen immer souverän als Sieger hervorgegangen. Im Vorgefühl des nächsten, kommenden Triumphes, brachte er Herkules in die Arena. Auge in Auge mit dem Gegner. Zwischen den Kontrahenten saß ein kleiner Yorkshire Terrier. Er saß nicht da um mitzukämpfen, sondern um den Blutdurst der Kämpfer anzustacheln. Ein paar Sekunden würde es nur dauern, und er würde in Fetzen gerissen im Käfig liegen. Das war eben so und diente der Sache. Der kleine Rattler war sowieso für nichts nutze.

Ungeduldig warteten die Kontrahenten bereits darauf endlich aufeinander losgehen zu können, doch der kleine Hund saß zwischen den beiden, ruhig und gleichmütig, als ob ihn das alles gar nichts anginge. Ob er ahnte was auf ihn zukam? Vielleicht hatte er einfach schon abgeschlossen? Es hätte einem so erscheinen können, hätte man ihn näher ins Auge gefasst, aber die Männer, die rund um den Kampfplatz grölten, interessierten sich nur für die Kämpfer. Niemand achtete auf den Kleinen, außer Herkules.

Es war nichts geschehen. Die beiden Hunde, die von ihrer Statur nicht unterschiedlicher sein konnten, sahen einander nur an, und es war, als würde Herkules zögern. Irgendetwas war in dem Blick oder in dem Hund, was ihn dazu brachte sich zurückzuhalten. Bisher hatte er kein Problem gehabt jeden Hund anzugreifen, der ihm in die Quere kam, doch dieses kleine, unscheinbare, eigentlich lächerlich anmutende Exemplar seiner Rasse ließ ihn innehalten.

Auch noch als das Startsignal ertönte.
Auch noch als sein Gegner sich auf den Terrier stürzte und ihn buchstäblich in der Luft zerriss.

Erst da brachte er sich ins Geschehen ein, und er biss seinen Gegner tot, als gälte es sein eigenes Leben. Keine Chance ließ er ihm, so wie der Kleine keine Chance gehabt hatte. Er sah und hörte rundherum nichts, nur zerfleischen wollte er ihn, als gälte es einen alten Freund zu rächen. Dabei war es bloß ein Augenblick, ein Blick in die Augen und eine stille Übereinkunft. Sein Gegner war schon längst tot, da stand Herkules immer noch über ihm und riss riesige Fetzen aus dem abgestorbenen Fleisch.

Endlich rief ihn sein Besitzer, doch er hörte nicht. Abermals wurde sein Name gerufen, doch es war ihm egal. Endlich wurde es seinem Besitzer zu dumm. Es konnte doch nicht sein, dass der Hund nicht hörte. Er würde ihm schon Manieren beibringen. So stieg er in den Ring und griff nach seinem Halsband.

Im selben Moment ließ Herkules nun doch von seiner Beute ab und wandte sich seinem Besitzer zu. Die Augen waren blutunterlaufen, und er, der noch nie in seinem Leben Angst vor einem Hund gehabt hatte, ganz gleich wie groß und gefährlich er auch immer gewesen sein mochte, ihm fuhr der Schrecken durch die Glieder. Instinktiv ließ er das Halsband los und taumelte einen Schritt zurück.

Musste er sich tatsächlich vor seinem eigenen Hund in Sicherheit bringen? Vor einem Hund, dcr bis jctzt völlig unterwürfig war und keinen eigenen Willen zu haben schien, sollte er zurückweichen?

Im nächsten Moment hatte Herkules ihn niedergerissen und mit einem wohlgesetzten Biss in die Kehle setzte er auch diesem Leben

149

ein Ende. Und das, wo er zum ersten Mal in seinem Leben gewettet und gewonnen hätte.

Es gibt in jeder Situation einen, der sich freut. In dem Fall war es sein Wettgegner, der nun den Gewinn nicht mehr abtreten musste.

Von ringsherum kamen die Männer näher, um der Bestie den Garaus zu machen, zu sehen ob sein Besitzer vielleicht doch noch gerettet werden könnte, doch es war zu spät.

Zwischen den Prügeln und Stöcken, die die Männer in Händen hielten, bereit Herkules damit auf der Stelle totzuschlagen, sprang er weg und lief so schnell er konnte. Wohin? Einfach weg, so weit und so lange er konnte. Erst als ihn die Kraft gänzlich verließ, brach er zusammen, irgendwo am Rande der Stadt, dort wo sich die Felder bis zu den ersten Häusern erstreckten. Dort blieb er liegen und schloss die Augen. Aus vielerlei Wunden blutete er, und er wartete darauf nun langsam zu verbluten. Dann würde das alles endlich vorbei sein.

* * *

Dir zu gefallen

Jeder bleibt für sich allein. Letztendlich. Jeder, der sein Leid zu tragen hat und auch sein Glück. Nichts ist so unausweichlich wie die Einsamkeit.

Das Leben ist nicht für das Miteinander gemacht, sondern für eine Form des am Leben bleibens. So verbunden die Erbsen in der Schote auch schienen, war es doch nichts weiter als eine zufällige Zweckgemeinschaft, die sich ergab, weil sie sich eben ergab.

Herausgenommen und in die Welt geschossen, gab es nichts mehr was sie verband.

Und was zählen die gemeinsamen Wurzeln? Sie waren vergessen im Moment der Trennung.

Was wird es bringen? So waren sie begierig es zu erfahren.

Immer nach vorne gewandt. Niemals zurück. Es genügt sich selbst zu haben. Sich zu versichern. Es genügt. Und wenn die eine unter die Räder kam, so machte es der anderen nichts aus. Ich will geborgen sein. Und die glückliche plustert sich auf, voll Stolz und Erhabenheit. Bis sie platzt. Es muss nicht bleiben was ist. Alles kann anders werden.

* * *

Freya war ein junger Hund, da erfuhr sie bereits worum es in ihrem Leben gehen sollte. Schlagartig erkannte sie es.

Schmerz und Gehorsam.
Gehorsam und Schmerz.

Und dazwischen die unablässige Bitte um Aufmerksamkeit. Doch sie war ein Weimaraner. Stolzer Abkömmling einer legendären Dynastie von Jagdhunden. Stolz und majestätisch. Wenn sie saß, wenn sie lag. Sie konnte nichts dafür. Es war eben ihre Art. Der schlanke Körper, das kurze Haar, die langen Beine und die schmale Schnauze. Kalte, graue Augen, die nichts davon verrieten, dass sie anschmiegsam sein konnte und verspielt. Wie jeder andere Hund auch. Doch dafür war sie nicht gedacht. Ihre Bestimmung war eine andere.

Schmerz und Gehorsam.
Gehorsam und Schmerz.

Natürlich wusste sogar der Jäger, dass man
einen Hund zum Gehorsam erziehen könnte,
ohne ihm Schmerz zuzufügen. Aber so ging es
am schnellsten. Und er brauchte dringend einen
fähigen Jagdhund. Da konnte man sich nicht mit
Nebensächlichkeiten abgeben. Geduld beweisen.
Irgendwann passiert es von allein. Geduld? Das
konnten sich in seinen Augen nur jene leisten,
die ihren Hund nur zum Spaß hatten. Und was
sollte Spaß daran machen einen Hund zu haben?
Nein, einen Hund hat man nur, dass er einen
Zweck erfüllt. Man kann ob seiner Leistung stolz
auf ihn sein, aber nicht einfach nur, weil er da
ist.

Das bloße Dasein rechtfertigt gar nichts. Es
passiert sowieso ganz von selbst. Man kann stolz
auf einen Hund sein, wenn er sich opfert. Wie
ein Soldat in der Schlacht. Aber wenn er sich
nicht mehr opfern kann, sondern einfach alt und
krank wird, dann gibt es keinen Grund mehr ihn
am Leben zu lassen.

Freya wusste noch nichts davon bis zu jenem ersten Spaziergang. Und als sich die Dornen in ihr Fleisch bohrten, zuckte sie zusammen. Automatisch wurde sie vorsichtiger, so dass sie den Zusammenhang verstand zwischen einem Schritt zu viel und dem Schmerz an ihrem Hals. Es war so einfach. Da kapierte sogar ein Hund auf Anhieb. Mittel zum Zweck.

Eigentlich hielt er die Hunde für strohdumm. Aber er hatte keine Alternative. Er war Jäger. Ein Jäger braucht einen Hund. So einfach war sein Weltbild. Darin war alles geordnet und hatte seinen Platz. Auch jeder Mensch. An diesem Platz hatte er seine Aufgabe zu erfüllen, die ihm durch Fügung oder was auch immer zugefallen war. Er war Jäger. Daneben verdiente er sein Geld mit stumpfsinniger Arbeit. Er spulte jeden Tag seine acht Stunden herunter, als hätte es nichts mit ihm zu tun. Letztlich hatte es auch nichts mit ihm zu tun, denn es war eine stupide Tätigkeit, der er nur nachging, weil er irgendwie Geld verdienen musste. Sie gab ihm aber auch die Möglichkeit genügend Zeit für die Jagd zu haben.

Seine Frau hatte die Aufgabe gehabt die Kinder zu erziehen und sich um den Haushalt zu kümmern. Dann begann sie zu arbeiten. Sie fand die beiden Söhne wären groß genug, dass sie nun wieder ein Leben führen könnte. Ein Leben führen? War es denn nicht genug gewesen, dass sie ihre Aufgabe im Haus hatte? Würste machen und Fleisch zerlegen. Aber das zählte für sie nicht. Sie hatte mit ihm darüber geredet, aber entschieden hatte sie es, denn er war dagegen gewesen. Doch was zählte sein Wort? Ganz allein für sich hatte sie es entschieden, und er hatte nichts mitzureden gehabt. Dabei waren sie doch eine Familie und solche Entscheidungen sollten gemeinsam getroffen werden. Fand er.

Eine gemeinsame Entscheidung wäre gewesen, dass sie ihren Irrtum eingesehen hätte. Tat sie aber nicht. Damit begann das Unglück. Davon war er überzeugt. Denn dort traf sie Menschen, die verabschcutcn, was er tat. Alle setzten ihr Flausen in den Kopf. Hätte er damals auf sie gehört, vor dem Auszug, dann hätte er jetzt nichts mehr. Keine Frau, keine Söhne, und vor allem nicht die Jagd. Nur noch die stumpfsinnige Arbeit.. Der Gedanke daran machte ihn wütend.

Unvermittelt zog er an der Leine, so dass Freya laut aufheulte, weil sich die Dornen mit voller Wucht in ihr Fleisch bohrten. Im selben Moment wusste er schon, dass es falsch war. Nicht, weil er dem Hund Schmerzen zugefügt hatte. Das nahm er nicht ernst. Es ging vielmehr darum, dass er ihr ein falsches Signal übermittelt hatte, denn sie war gerade in diesem Moment brav und folgsam neben ihm hergetrottet. Sie würde alles tun um diesen Schmerz zu vermeiden, war er überzeugt, denn mit Hunden kannte er sich aus. Nicht mit Spaßhunden. Aber mit Jagdhunden. Und nur die zählten.

Es war nur der Schmerz, meinte er. Freya tat es, um ihm zu gefallen. Davon wusste er nichts, und es wäre ihm auch niemals in den Sinn gekommen. So ging es nun Tag um Tag. Freya lernte jedes relevante Kommando und gehorchte nach kürzester Zeit unmittelbar. Ein gelehriger Hund war sie, das musst er zugeben, wenn nicht gar der gelehrigste, den er je hatte.

Wenn er sie anwies zu sitzen, hätte sie nichts um der Welt bewegen können aufzustehen, so lange er es nicht erlaubte. Wenn sie sich legen musste, dann bewegte sie sich erst weg, wenn er es auflöste. Mit der Zeit konnte er so auch das Halsband umdrehen, so dass die Dornen nach außen wiesen. Es genügte, dass sie sich den Schmerz eingeprägt hatte, auch wenn es diesen nicht mehr gab. Was wusste ein Hund schon?

So verbrachten sie viele Stunden miteinander im Wald, wobei sie immer sorgfältigst darauf bedacht war keinen seiner Befehle zu überhören. Niemals durfte sie unaufmerksam sein. Und sie tat es um ihm zu gefallen, für ein Streicheln, ein Wort des Lobes. Es konnte schon sein, dass es ihm passierte, ab und an, dass er gedankenverloren seine Hand auf ihre Schulter legte und den Rücken hinunter strich. Man hätte es für Streicheln halten können. Aber es passierte. Es lag nicht in seiner Absicht. Freya jedoch lebte für diese kleinen, seltenen Momente der Zuwendung. Hätte er auch nur geahnt, dass dies ihn viel weitergebracht hätte als der Schmerz, den er ihr zufügte, er hätte es vielleicht anders gemacht. Aber er ahnte es nicht. Es lag außerhalb seines Glaubenskodex, der besagte, dass es ausschließlich der Schmerz ist, der einen Hund erzieht und nur der als Autorität anerkannt wird, der die Macht hat Schmerz zuzufügen. Mehr wusste er nicht. Mehr wollte er nicht wissen. Deshalb verstand er auch nicht. Aber er konnte es ja auch belegen.

Seine Hunde gehorchten auf den kleinsten Fingerzeig seinerseits. Es funktionierte. So konnte seine Methode nicht falsch sein. Was funktioniert kann nicht falsch sein. Auch wenn er niemals einen anderen Weg ausprobiert hatte, so war er dennoch überzeugt davon, dass er den einzig möglichen ging. Und wenn er sich all die Spaßhundebesitzer ansah, die da völlig unmotiviert durch den Wald streiften, einfach so, die ihm das Wild zu den besten Zeiten vertrieben, sah er doch wo diese Erziehung hinführte.

Völlig außer Rand und Band waren diese Hunde, und taten alles, nur nicht das, was der Besitzer von ihnen wollte.

„Wollen wir sie nicht spielen lassen?", hatte ein, zwei Mal jemand gewagt zu fragen.
„Ich lass mir doch nicht meinen Hund ruinieren", hatte er nur gebrummt. Dann hat keiner mehr gefragt.

Spielen? Sein Hund war hier an seinem Arbeitsplatz. Wenn er nun zugelassen hätte, dass er spielt, dann wäre er für immer unbrauchbar gewesen. Er hätte ihn erschießen müssen. Das sagte er aber diesen Schönwetterhundebesitzern nicht. Die waren immer gleich so pikiert. Er konnte sich nicht leisten ein weiteres Mal beim Jagdleiter vernaddert zu werden. So hielt er lieber den Mund. Er war nicht der Mann der Worte.

Hunde verstehen auch ohne Worte. Das war doch etwas was ihm an ihnen gefiel. Und Freya war besonders aufmerksam. Zum Glück erwies sie sich auch als schussfest. Innerhalb kürzester Zeit konnte er ihre Ausbildung als abgeschlossen betrachten. So sehr hatte er diesem Moment entgegengefiebert, dem Moment, an dem er endlich richtig mit ihr auf die Jagd gehen konnte.

„Morgen Abend, da holen wir uns die Sau", erklärte er ihr. Ja, das war ihm sogar ein paar Worte wert, ohne dass er sie als verschwendet ansah.

V. Das Happy End

Und der Same, der in die Erde fällt, er bringt
reiche Frucht. Still, warm und gemütlich ist es
unter der Erde. Rau und unwirtlich darüber.
Unerbittlich scheins, und doch in seiner
Unvorhersehbarkeit wieder egalitär. Es passiert
eben. Immer und überall. Und es ist weder eine
Bevorzugung noch eine Geringschätzung, die
dahinter steckt, sondern nur Glück oder Pech.
Man könnte nun die Gerechtigkeit einfordern.
Aber von wem? Es ist wie es ist. Nicht nur in der
Liebe. Es ist wie es ist, ist auch ein Achselzucken.
Eine Annahme des Unabänderlichen, und eine
Verheißung zugleich.

* * *

Als wäre es niemals anders gewesen

So wie die kleine Erbse, die in den Spalt im
Fensterbrett fiel, begraben wurde, um zu leben,
größer, schöner, üppiger, als sie es je sein
könnte, wäre sie nicht begraben worden.

Sterben, begraben und auferstehen. Auch das ist
allgegenwärtig, so allgegenwärtig, dass wir

keine Notiz davon nehmen, nur das Mädchen, das hinter dem Fenster wartete, in den Zimmern, in denen das Herz schwer war, weil die Seele darbte und das Leben sich zu verabschieden drohte, die sah wie aus dieser einen Erbse eine große starke Pflanze wuchs, mit saftigen Blättern und zarten Blüten, die genas, am Leben selbst genas sie und kehrte aus der Dunkelheit ins Licht, so wie die Pflanze sich der Sonne zuwendet. Es ist wie es ist. Wenn man es versteht.

* * *

„Alles ist gut. Es ist so wie es sich gehört. Codita ist dort, wo sie hingehört", sagte sich die Frau den ganzen Tag vor, doch es nutzte nichts. Die Sorge um die Hündin, die sie so aufopferungsvoll gepflegt hatte, blieb. Es waren bloß ein paar Tage gewesen. Kaum der Rede wert, wenn man das Gesamt der Tage eines Menschenlebens betrachtet, doch die Angst, die sie um dieses Wesen gehabt hatte, der sie einen Namen gab, Verbundenheit erzeugend durch die Annahme, die hatte sich eingegraben und ließ sich nicht so einfach vertreiben. Es war auch vernünftig gewesen. Es würde wieder vergehen.

Doch als sie an diesem Nachmittag nach Hause kam, da hörte sie das vertraute Winseln, das ihr beim ersten Mal so durch Mark und Bein gegangen war. Es kam vom Inneren des Hofes.

Als erst dachte die Frau, ihre Sinne seien getrübt, denn es konnte gar nicht sein. Wie wäre Codita in den Hof gekommen. Wohl war ein kleiner Spalt unter dem Tor, doch auch wenn sie ein kleiner Hund war, so war es doch gänzlich unmöglich, dass sie sich hier durchgezwängt hatte. Und vor allem warum sollte sie das tun.

Doch kaum hatte sie das Tor geöffnet, da kam ihr die kleine Hündin voller Freude entgegengelaufen. Es konnte nicht sein, doch es war so. Offenbar hatte sie sich durch den Spalt gezwängt, und sich die Schiene abgebrochen. Doch sie wollte ganz offensichtlich wieder zurück, nicht bleiben wo sie war. Aber es konnte nicht sein.

Die Frau war überglücklich. Ihr Herz ging über vor Freude, auch wenn ihr Kopf sich dagegen wehrte, doch was vermag der Kopf schon gegen das Herz auszurichten. Sie musste zurück. Ihr Mann war auch dieser Meinung. Es gab keine andere Möglichkeit. So schwer es ihnen auch immer fallen mochte. Es ging nicht anders.

Oder doch? Hatten sie wirklich schon alle Optionen durchdacht?

Zurück wollten sie sie nicht geben, denn dort wollte Codita nicht bleiben, aber hier bleiben konnte sie auch nicht. Und dann endlich fiel es ihnen ein, die Lösung die so naheliegend war, dass sie mit Händen zu greifen gewesen wäre, eigentlich.

„Irgendwo dort draußen gibt es einen Menschen, zu dem sie gehört. Irgendwo dort draußen gibt es einen Menschen, der ihr ein Zu Hause bietet, das diesen Namen verdient", meinte der Mann.

So dass sie sich auf die Suche machten, es weitersagten und von den Weitersagenden weitersagen ließen. Einige Zeit tat sich nichts, und Codita war bei ihnen, Tag und Nacht, so dass sie sich an sie gewöhnten.

„Wenn sich wirklich niemand findet", meinte die Frau eines Tages, „Dann werden wir sie wohl

doch behalten müssen. Auch wenn wir meinen, dass es nicht geht. Irgendwie muss es gehen."
„Da hast Du wohl recht", pflichtete der Mann ihr bei, als sich Besuch ankündigte.

Da war ein Mensch, der kam von weit weg, weil er ihr Bild gesehen hatte. Und es war nicht mehr als ein Blick, dass dieser Mensch wusste, dieser Hund gehört zu mir. Auch wenn er sich nicht traute es so zu sagen. Es schien völlig absurd.

Niemals hatte sie einen Hund gewollt, und plötzlich sollte es Bestimmung sein? Nein, das kann man in einem aufgeklärten Zeitalter nicht sagen. Da wird man höchstens für verrückt gehalten. Das kann es nicht geben, weil es nicht rational erklärbar ist. Mehr noch, es ist überhaupt nicht erklärbar, doch die Liebe braucht keine Erklärung. Sie sieht auf uns herab, lächelnd über unsere Versuche zu erklären und zurecht zu rücken und gerade zu biegen, um letztlich doch daran zu scheitern.

Warum ist es so schwer einfach zuzulassen? Auch und vor allem die Liebe. Und so machte sie sich auf den Weg, auf einen langen Weg. Dann würde es sich schon zeigen was dran war, an dieser Ahnung.

Als sie ankam, da war sie schon aufgeregt. Sie spürte wie ihr Herz heftiger schlug und sich ihr Puls beschleunigte. Es konnte nicht sein. Aber was für eine Enttäuschung, wenn nicht war, was ja eigentlich nicht sein konnte, und wovon sie doch so sehr hoffte, dass es so wäre.

„Du bist völlig durch den Wind", konstatierte sie von sich selbst, während sie versuchte sich zu sammeln und zu beruhigen, „Aber das ist sicherlich nur die lange Autofahrt gewesen, die Müdigkeit, die Erschöpfung."

Und so wie sie es aussprach wusste sie auch, dass das alles Unsinn war. Wem wollte sie etwas vorspielen? Sich selbst? Endlich fasste sie sich ein Herz und klopfte. Wenige Augenblicke später wurde ihr das Tor geöffnet, und ein Hund mit einem Stummelschwänzchen rannte auf sie zu, vergessend, dass ihr Bein schmerzte, vergessend, dass da noch jemand anderer war.

„Codita, meine Codita", hätte man sie flüstern hören können, hätte man nur genau genug hingehört, doch kein Mensch hörte es, nur die kleine Hündin, die nun nicht nur einen Namen bekommen hatte, sondern auch einen Menschen, der ihr Zu Hause sein konnte. Und sie hatte es sofort begriffen.

Obwohl oder wahrscheinlich gerade weil sie sich keine Gedanken darüber machte, weil sie nicht fragte, ob das denn sein könnte oder mit irgendeiner Statistik übereinstimmte oder irgendeiner Erfahrung entsprach.

„Zu Dir gehöre ich, jetzt und für immer", sagte sie, mit sich selbst, ohne ein einziges Wort. Und der Mensch begriff es auch, selbst wenn er sich noch dagegen wehrte.

„War es nicht genau das, was wir uns für die kleine Codita von Anfang an gewünscht hatten?", fragte die Frau den Mann, als sich Codita mit ihrer neuen Besitzerin auf den Weg zu ihrem gemeinsamen Heim machten.

Ohne auch nur einen Augenblick zu zögern war Codita ins Auto gesprungen, als wäre es das einzig Mögliche. Und es war auch das einzig Mögliche. Fraglos.

„Genau so ist es", bestätigte der Mann, „Und ich bin jetzt nur erleichtert, dass sie gut untergebracht ist, dass alles wieder seine Ordnung hat und es berührt mich nicht weiters."

„Mir wird sie schon fehlen", gestand die Frau offen ein.

„Fehlen?", entfuhr es ihm, „Ganz und gar nicht. Also mir zumindest nicht. Sie hat alles durcheinander gebracht. Und der Dreck und die Verwüstung, die sie ins Haus brachte. Die Verantwortung, nein, ich bin eigentlich ganz froh, dass sie weg ist. Dass wir ihr das Leben retteten, ja, das würde ich jederzeit wieder so machen. Das ist selbstverständlich, wenn man nicht ganz gefühllos ist, aber das haben wir auch getan. Zu mehr sind wir nicht verpflichtet. Ja, ich bin froh, dass sie aus dem Haus ist und nun wieder Ruhe einkehrt und alles seinen gewohnten Gang geht."

Und so standen sie, der Mann und die Frau, und sahen dem Auto hinterher, das ihrem Gesichtsfeld schon längst entschlüpft war, schweigend.

„Aber sie hätte zumindest ein bisschen so tun können, als wollte sie nicht von uns weg", stieß

167

er plötzlich hervor. Die Frau sagte nichts. Sie lächelte nur. Und auch jemand anderer lächelte.

Eine Frau, die auf der Rückbank eines Autos saß, neben sich Codita, die auf der Bank lag, den Kopf in ihren Schoß gebettet, eine Frau, die keine Worte mehr hatte für das Glück, das sie empfand und sich in nichts weiter ausdrückte als in ihrem seligen Lächeln. Es bedurfte auch keiner Worte. Keiner Erklärungen. Es ist wie es ist. Und so wie es ist, ist es gut.

Über alle Grenzen hinweg fand eine Begegnung statt, die ihr Leben vom Kopf auf die Füße stellte, unvergleichlich und unvorhergesehen. Absurd, wenn man es überdachte. Völlig irrwitzig und irrational. Doch das waren keine Kategorien für das Glück. Es war ein Geschenk. Es war Heilung und Verwandlung. Alles in einem. Und es geschah von einem Tag auf den anderen. Von einem Moment auf den anderen.

Es begann mit einem einzigen Blick. Auch wenn zunächst nicht sein durfte, was nicht sein konnte, so wusste sie nun, dass alles möglich war, auch das was nicht sein durfte, selbst was nicht sein konnte. Vielleicht auch deshalb, weil sie keine Fragen mehr stellte. Wozu auch? Sie hatte doch alle Antworten bekommen. Es ist das Leben das zählt, in aller Unbedingtheit und Leidenschaft.

* * *

Ein friedvoller Abschied

Und wenn Du erwachst aus einer traumlosen Nacht, dann kommt ein Morgen, der Dir vielleicht einen Traum zurückbringt. Eingekesselt in die Unausweichlichkeit siehst Du keinen Ausweg mehr, so wie die Erbse, die von der Erde aufs Wasser verweht wurde und keine Chance zu haben schien wieder auf der Erde zu landen. Doch wie durch ein Wunder wird sie herausgefischt. Weil sie aussah wie etwas anderes. Ein purer Irrtum. Aber es war bloß eine Erbse, und so landete sie achtlos weggeworfen, im Gras, und es ward wieder Hoffnung. Es ward wieder möglich, zu wachsen, und sei es nur für eine kleine Weile.

* * *

Das Auto fuhr ab. Lana nahm es kaum zur Kenntnis. Wenn es wiederkäme, dann würde ihrem Elend ein Ende gemacht werden. Dann würde sie es endlich überstanden haben. Aus den anderen Kabinen drangen Laute, voll des Schmerzes und der Wehmut. Sie kamen von Hündinnen, die in derselben Lage waren wie sie, nur waren diese besser dran, denn sie hatten noch die Kraft sich verständlich zu machen, doch Lana war selbst dazu schon zu erschöpft.

Wieder erklang Motorenlärm. Waren wirklich schon einige Stunden vergangen? War es nun endlich so weit? Die Stalltüre wurde aufgerissen, doch das war nicht die Frau, die sie eingesperrt hatte. Selbst in ihrem Zustand konnte sie das noch riechen. Was ging da vor sich? Es war doch letztlich egal. Schlimmer konnte es nicht mehr werden.

Da wurde die Türe zu ihrem Käfig aufgerissen und jemand hob sie heraus. Wie leicht es doch war sie zu heben. Das Licht strahlte hell in den Stall. Überall tummelten sich plötzlich Menschen, öffneten eine Kabinentüre nach der anderen und holten die Hündinnen heraus. Auch die Welpen. Etliche waren schon gestorben.

Andere würden bald sterben. Doch jeder einzelne dieser Hunde wurde in einen Lieferwagen getragen. Lana spürte plötzlich etwas, was sie schon lange nicht mehr gespürt hatte, eine weiche Decke unter ihrem wunden Körper. Schnell und lautlos war die Aktion vor sich gegangen. Die Hündinnen nahmen es hin, wie sie mittlerweile alles hinnahmen. Aber da war eine Ahnung, dass sich ihr Schicksal nun doch noch zum Guten wenden würde. Es war eine Befreiung. Die Menschen hatten keine Gesichter. Sie verbargen sie hinter schwarzen Masken. Keinen Laut gaben die Hunde von sich, als würden sie wissen, dass es wichtig war unbemerkt zu bleiben.

Lange schon hatten die Tierschützer den Hof ausspioniert, der weitab der Straße inmitten eines Waldes lag. Ja, die illegalen Züchter hatten große Vorsicht walten lassen. Es war nicht leicht gewesen ihnen hierher zu folgen, diesen abseits gelegenen Hof auszuforschen. Als sie den Hof endlich gefunden hatten, observierten sie diesen für einige Zeit. Und als sie begriffen welches Ausmaß das Elend dieser Hunde angenommen hatte, wären sie am liebsten sofort hineingestürmt und hätten mit dieser bigotten, scheinheiligen Frau, die offenbar den Betrieb leitete, das selbe gemacht wie diese mit den Hunden verfahren war. Doch damit hätten sie sich und vor allem den Hunden einen Bärendienst erwiesen, denn die Frau war nicht alleine. Immer patrouillierten zwei ihrer Mitstreiter um das Grundstück, denn die Tierschützer hatten schon mehrere solcher Welpenzuchtbetriebe ausgeräumt.

Am Anfang war es einfach gewesen. Niemand legte auf Bewachung wert, denn die illegitimen Züchter fühlten sich sicher. Und wer sollte sich schon um diese verdammten Hunde scheren. Innerhalb weniger Tage gelang es den Tierfreunden die Betriebe ausfindig zu machen und ihre Tiere zu entführen. Die Empörung und die Wut waren bei den Kontrahenten dann auch dementsprechend groß, denn schließlich hatten sie ihnen ihren Lebensunterhalt streitig gemacht.

Leicht verdientes Geld war das, das Geschäft mit der Tierliebe der Menschen in den wohlhabenderen Ländern. Das allein hätte wohl nicht ausgereicht, wäre dieser Tierliebe nicht eine ausgeprägte Liebe zur eigenen Brieftasche an die Seite getreten. Tiere wollten sie, aber am besten nichts dafür ausgeben. Einen erstklassigen Rassehund wollten sie, aber dennoch nichts dafür bezahlen. Das war ein wunderbarer Humus, der half ihre illegalen Geschäfte zum Erblühen zu bringen. Niemand fragte danach woher die Hunde kamen, noch unter welchen Umständen sie aufgezogen worden waren. Mitsamt den gefälschten Papieren wurden sie ohne weiteres angenommen. Zuerst hatten sie sich noch Mühe gegeben bei den Fälschungen, doch das war gar nicht notwendig, als wollten sie es gar nicht so genau wissen, diese moralisch so hochstehenden Menschen aus dem Westen, jenseits der ehemaligen Mauer.

Es war wie bei jedem Markt. Angebot und Nachfrage trafen sich. Wie gewohnt, nur dass es sich bei der Ware um eine lebendige handelte. Nicht einmal da fragte man allzu genau nach. Und wenn die Welpen dann nach wenigen Wochen elend verreckten, nun das war eben so. Die Verkäufer waren auf Nimmerwiedersehen verschwunden. Wer hätte sie belangen sollen?

Aber dann kamen diese verdammten Tierschützer und räumten einfach ihre Ställe und Höfe aus. So dass sie vorsichtiger werden mussten. Selbst wenn sie es nicht gänzlich verhindern konnten, so wollten sie es ihnen zumindest so schwer wie möglich machen. Immer unzugänglicher wurden die Höfe, in denen sie ihr schmutziges Geschäft betrieben und immer besser bewacht wurden diese. Das schmälerte den Profit, so dass sie die Ausgaben für die Hunde noch mehr kürzten, um den entgangenen Gewinn wieder auszugleichen. Die Hündinnen wurden nur noch mehr ausgebeutet. Schuld an allem waren nur die Tierschützer.

Aber auch auf anderen Seiten wurde man hellhörig. Immer wieder wurden Märkte von Polizisten kontrolliert und auch die Kunden begannen nachzufragen. Auch daran hatten die Tierschützer ihren Anteil, denn sie zerrten all die Machenschaften ans Licht der Öffentlichkeit.

Dennoch war es immer noch ein gutes Geschäft. Es fanden sich nach wie genug Abnehmer, selbst unter diesen erschwerten Bedingungen. Die Produktion lief munter weiter. Viele Hündinnen und Welpen litten immer größere Qualen, nur für die, die nun von den Tierschützern gerettet wurden, war das Elend vorbei. Sie kamen in Freiheit und zu neuen Besitzern, bei denen sie sich erholen konnten. Viele von ihnen waren schwer krank und hatten nicht mehr lange zu leben. Dennoch fanden sich Menschen, die ihnen noch eine glückliche Zeit schenkten, so kurz sie auch sein mochte. Auch Lana war gerettet worden.

Eine alte Dame nahm sie mit zu sich nach Hause. Sie setzte alles daran, dass Lana die beste ärztliche Versorgung und die beste Pflege erhielt. Auch wenn nicht mehr viel zu machen war, denn die Entzündungen an ihren Zitzen hatten sich zu Tumoren ausgewachsen, deren Wachstum nicht mehr zu stoppen war.

Vier Monate blieb sie in der Obhut dieser Dame, bevor sie friedlich einschlief. Zuletzt hatte sie es doch noch relativ gut getroffen. Besser als manche andere, denn die Frau, die die Hunde illegal züchtete, musste zwar den Verlust ihrer Wurfmaschinen hinnehmen, doch sie ließ sich davon nicht beirren. Innerhalb kürzester Zeit hatte sie wieder genügend Hündinnen, so dass der Betrieb fortgeführt werden konnte. Ganz gleich wie oft die Tierschützer kämen und die Hündinnen retteten, immer würde es noch genug geben um weiterzumachen.

Und das würde sie so lange machen, so lange sich Menschen fanden, die ihr die Welpen abkauften und gutes Geld dafür zahlten. So lange es Abnehmer geben würde, würde es auch das entsprechende Angebot geben, und so lange würde die Qual der Hündinnen andauern. Erst, wenn die Menschen bereit wären diese illegalen Händler zu meiden, würde es sich nicht mehr auszahlen sie zu züchten. Dann erst würden sie ihr Geschäft aufgeben.

Lana waren noch wenige glückliche Monate vergönnt gewesen. Vielen ihrer Leidensgenossinnen würde dieses Glück nicht zuteil werden.

* * *

Ein absurder Tod

Nichts was einmal geschehen ist, lässt sich wieder rückgängig machen. Manches lässt sich reparieren oder ausgleichen, aber niemals ungeschehen. Manches, aber nicht alles. Manches ist endgültig und unabänderlich. Wie der Tod. In all seiner Alltäglichkeit ist der gleichzeitig auch die Endgültigkeit und Unabänderlichkeit par excellence. Ganz gleich wie oder wann es geschieht, das Ergebnis ist immer das Gleiche. Für einen Toten macht es letztlich keinen Unterschied wie er zu Tote kam. Es zählt das Ergebnis, und selbst das ist für den Betreffenden gleichgültig. Der Unabänderlichkeit folgt die Gleichgültigkeit, zumindest des Betroffenen. Betroffen sind die Zurückgebliebenen. Nur sie. Aber wenn es keine Zurückgebliebenen gibt, dann spielt auch dieser alltägliche Tod inmitten von unzähligen anderen keine Rolle. Er geschieht und es bemerkt keiner. Ein Straßenkind in Südamerika, dem die Leber entnommen wurde, und dann auf der Straße elendig krepiert. Es geht niemandem ab. Ein Straßenhund, der von einem Auto angefahren am Straßenrand elend krepiert. Es fragt niemand danach. Und eine Erbse, die von einem Wildschwein gefressen in seinem Magen landet. In der ewigen Finsternis. Es war doch bloß eine kleine Erbse.

* * *

Sanft und ruhig schlief die schwarze Hündin in dem Käfig, satt und zufrieden, letztendlich. Sie ließ sich auch nicht stören durch das Bellen, Heulen oder Gewinsel, das unaufhörlich die Luft in diesem Hinterhof erfüllte. Hätte es Nachbarn gegeben, so hätten sich diese wohl darüber beschwert, denn das Lied des Elends nahm kein Ende, wurde immer von Neuem angestimmt, immer und immer wieder, während des Tages und während der Nacht, zu jeder Stunde. Doch der Hof lag abseits, weit weg von jeder anderen menschlichen Behausung. So konnte niemandem passieren, dass er wusste was dort vor sich ging. Außer denen, die unmittelbar auf dem Hof zu tun hatten. Der Besitzer und seine Arbeiter, die Lieferanten und die Abnehmer, doch das Produkt, das er lieferte ging durch genügend Hände, vom unmittelbaren Abnehmer, der es in eine Fabrik brachte, in der es weiter verarbeitet wurde. Dann kommt es wieder in eine andere Fabrik, in der ein weiterer Verarbeitungsschritt getan wird. Spätestens da ist nicht mehr ersichtlich was es ursprünglich war. Und wenn es in den Einzelhandel kommt, dann kann der Konsument guten Gewissens sagen, er habe es nicht gewusst. Die weitläufige

Arbeitsteilung ist eigentlich dazu gedacht die Wahrheit zu verschleiern. Sicherlich wäre alles ganz anders, wenn man es gewusst hätte, aber man vertraut ja auch darauf, dass alles mit rechten Dingen zugeht. Wozu gibt es schließlich Gesetze. Die sorgen in jedem Fall dafür, dass nichts Unrechtes geschieht. Außerdem haben die Menschen selbst ja einen ethischen Standard. Auch auf den kann man sich verlassen. Sich zumindest darauf herausreden und weiterhin gemütlich zurücklehnen. Wenn es doch jemand aufdeckt, ja, dann kann man immer noch empört und schockiert sein, den Kopf schütteln und ausrufen, „Wenn ich es gewusst hätte, ja dann ... Aber ich konnte doch nichts davon wissen. Nirgendwo gibt es Informationen über solche Vorgänge. Nichts erfährt man. Woher auch?"

Inmitten von Informationsüberflutung und Entertainmentüberfrachtung bleibt der Mensch desinformiert und desillusioniert zurück, abgestumpft und ermüdet. Es ist einfach zu viel. Er hört auf sich zu kümmern um etwas, das über seinen unmittelbaren Gesichtskreis hinausreicht, und so bleibt so vieles ungesehen. Wer es sieht, der spricht nicht darüber. Und die

Höfe, in denen die Ausweglosigkeit wohnt, werden weiter bestehen.

Doch die kleine schwarze Hündin, die auch mittendrinnen war, eigentlich, wusste von all dem nichts. Selig schlief sie. Kein Geräusch weckte sie, kein Todesschrei. Erst als ihr Käfig geöffnet wurde und sie unsanft am Kragen gepackt wurde, wachte sie auf. Verwirrt sah sie sich um. Der Hof war mittlerweile übersät von Hunden, aber die bellten nicht und heulten nicht. Nicht einmal ein Winseln konnten sie mehr von sich geben. Die lagen einfach da und rührten sich nicht. Eine Reihe von Käfigen war bereits geleert, doch noch lag viel Arbeit vor den Männern mit den Eisenstangen.

Ein Hund nach dem anderen wurde aus dem Drahtkäfig geholt. Den Hund in der einen Hand, die Eisenstange in der anderen, holten die Männer zum Schlag aus, den Schädel des Hundes zu zertrümmern. Manchmal trafen sie nicht richtig. Dann mussten sie ein zweites oder ein drittes Mal zuschlagen. Ab und an machten sie sich gar nicht die Mühe, sondern ließen das halbtote Tier auf den Boden fallen, denn sie mussten sich beeilen. Der Körper zuckte noch eine Weile. Dann war es sowieso vorbei. Wie am Fließband wurden die Hunde abgeschlachtet. Für diese Männer war es eine Arbeit wie jede andere. Vielleicht dass sie die ersten Tage noch darauf achteten, dass die Tiere gleich beim ersten Schlag starben, damit sie nicht litten, doch umso öfter sie töteten, desto gleichgültiger wurden sie dem Tod gegenüber. Es war ein Stück Ware, wie jede andere.

Ware, die ihren Lebensunterhalt und den ihrer Familien sicherte. Ware, die dafür sorgte, dass sie was zu essen auf dem Tisch und über dem Tisch ein Dach hatten. Wer hätte es ihnen verübeln mögen, dass sie es vorzogen Hunde zu töten um selbst zu überleben. Wer hätte es ihnen verübeln mögen, zumal in einer Gegend, in der es kaum Alternativen gab. Sie hätten fortziehen müssen. Aber wohin? Wo hätten sie eine Chance gehabt, ungebildet wie sie waren?

So blieben sie und nahmen ihr Gewerbe wie jedes andere. Wenn sie gefragt würden, dann sagten sie, sie arbeiteten in der Pelzproduktion. Das nahmen die Menschen zur Kenntnis. Niemand fragte danach wie man das Tier dazu brachte sein Fell herzugeben. Vielleicht waren manche sogar der Meinung, dass das Tier es ausziehen konnte, wie der Mensch späterhin den Pelzmantel ablegen könne, indem er ihn einfach vom Leib nahm. Das tat schließlich auch nicht weh. Sie waren mit einem Zipp am Bauch auf die Welt gekommen. Allerdings nur die Tiere, für die von vornherein festgelegt war, dass sie ihren Pelz abgeben mussten. Irgendwer hatte da bestimmt irgendwann eine Quotenregelung ausverhandelt.

Alles kann im Verhandlungsweg erledigt werden. Dabei ist der Mensch noch großzügig, wo er verhandelt, denn als intelligentestes Lebewesen auf der Welt, ist er mit aller Selbstverständlichkeit auch der Herr über Leben und Tod der ihm unterlegenen Kreatur. Der Mann hielt die schwarze Hündin im Nacken fest. Die Eisenstange krachte präzise auf ihren Schädel. Mit einem lauten Krachen zersprang die Schädeldecke. Die Hündin hatte Glück gehabt, denn der Mann, der ihr den Schädel zertrümmert hatte, arbeitete erst seit zwei Tagen auf dem Hof. Er achtete noch darauf, dass es schnell ging mit dem Sterben.

Als die Käfige leer waren und sämtliche Hunde tot am Boden lagen, war es endgültig ganz still geworden am Hof der Ausweglosigkeit. Dann wurden die leblosen Körper aufgehängt. Ein Schnitt entlang der Vorderpfote genügte, und das Fell konnte mit einem Ruck heruntergezogen werden, so dass nur noch die nackten Kadaver hängen blieben. Eine schnelle, saubere, unblutige Arbeit, wenn man es verstand. Die Felle wurde verpackt und so schnell wie möglich weitertransportiert, in irgendeine Fabrik, in der sie haltbar gemacht wurden und bereit zu Krägen an Jacken und Mänteln vernäht zu werden. Kuschelig weich und warm fühlen sich diese Krägen an, und wüssten die Hunde was mit ihrem Fell geschieht, dann freuten sie sich darüber, dass sie einem Menschen solch einen guten Dienst erweisen konnten.

Dafür hätten sie sicher mit Freuden ihr Leben gegeben.

Aber wenn Du das nächste Mal einkaufen gehst, Dich umsiehst um eine Winterjacke und Du entdeckst eine mit einem schwarzen Kragen, dann kann es durchaus sein, dass Du das Fell der

kleinen schwarzen Hündin um den Hals tragen
wirst..

* * *

Wo Sanftmut Stärke besiegt

Niemals ist der Weg, den wir gehen, eindeutig.
Immer wieder gibt es Gabelungen,
Veränderungen, die alles in Frage stellen was
bisher war oder alles umdrehen. Unsere
Vorstellungskraft ist viel zu begrenzt um sich all
das auszumalen, was sein könnte, und das ist gut
so, denn sonst würden wir uns im Sein-könnte
verlieren, untergehen und das Jetzt aufgeben.

Doch wenn es sich uns erschließt, dann können
wir es ergreifen und zu einem Jetzt machen. So
wie die Erbse, die von einem Vogel
davongetragen wird oder vom Wind, die
vielleicht schon zerdrückt war, sich wieder
regenerieren kann und ihre Fruchtbarkeit zu
zeigen vermag.

So ist eine Sackgasse nur in unseren Augen eine,
so lange wir keinen anderen Weg sehen. Und der
Wind ergriff die Erbse, die im Gestrüpp lag und

trug sie weit fort, dorthin, wo der Boden weich
und aufnahmebereit war.

* * *

Herkules war erschöpft. Wohl auch weil er viel
Blut verloren hatte. Als er erwachte fühlte er
sich beobachtet. Ob sie ihn doch noch gefunden
hatten? Ob sie nun um ihn herum standen, mit
ihren Knüppeln und Stöcken, darauf wartend,
dass er erwachte um ihm endgültig den Garaus
zu machen?

Aber nein, das wäre unlogisch. Hätten sie ihn
wirklich gefunden, so hätten sie wohl keinen
Moment gezögert ihn zu erschlagen. Schließlich
war er gefährlich. Wenn er andere Hunde tot
biss, dann war das in Ordnung. Das war
schließlich seine Aufgabe, dafür war er
ausgebildet worden, doch niemals einen
Menschen. Schließlich ist ein Mensch mehr wert
als ein Hund. Sein Leiden zählt. Das eines
Hundes nicht, zumindest in den Augen derer, die
Hunde als Nutztiere sehen.

Hunde haben einen Nutzen, so wie ein Auto oder
Klopapier. Und so waren sie auch zu behandeln.

Natürlich kam es ab und zu vor, dass sich ein Hund gegen einen Menschen stellte. Wer eine Waffe lädt muss damit rechnen, dass sie losgeht, und diese Hunde waren Kampfmaschinen, hochgezüchtete, empfindliche Geräte, deren Kalibrierung nun mal ab und zu hakt, aber ebenso wie man ein Gewehr oder jede andere Waffe entsorgt, wenn sie nicht mehr den Vorgaben entspricht, so musste auch mit dem Kampfgerät Hund verfahren werden.

Aber es war niemand da. Trotzdem wurde er beobachtet. Davon war er überzeugt. Dann machte er jemanden aus, und es war ihm, als wäre er mehrere Stunden zurückversetzt.

Es war ein kleiner Yorkshire Terrier, ebenso einer, der vor seinen Augen am Kampfplatz in der Luft zerfetzt worden war. Es konnte also nicht der selbe sein, aber er saß ebenso da wie der andere und sah ihn einfach nur an. Was war mit ihm geschehen?

Er wusste es immer noch nicht, aber er war sich sicher, dass er diesem kleinen Hund nichts tun konnte. Gerade weil er sich dessen bewusst schien keine Chance gegen Herkules zu haben,

versuchte er nicht gegen ihn anzugehen. Eher
hatte er den Eindruck, er wollte mit ihm gehen.
War da ein Bedauern? Auch wenn er in sicherer
Entfernung saß, war er ihm dennoch eindeutig
zugewandt.

„Basti", hörte er plötzlich eine Menschenstimme,
„Basti, wo bist Du?" Und der Stimme folgte der
Mensch.
„Ach da bist Du ja, Du kleiner Ausreißer", sagte
eine Frau, und aus ihren Worten klang
Erleichterung und Freude.

Hatte sich je ein Mensch oder ein anderes
Lebewesen gefreut ihn zu sehen? Niemals war
das passiert.

Basti blieb ungerührt sitzen. Die Frau schoss auf
ihn zu, ging in die Knie und streichelte ihn.

„Du hast mir aber einen gehörigen Schrecken
eingejagt. Weißt Du das eigentlich?", fragte sie,
mit gespieltem Vorwurf, „Das darfst Du mir
nicht mehr machen. Hörst Du?"

Doch Basti blieb immer noch ungerührt sitzen
und blickte in dieselbe Richtung. Irritiert folge

die Frau seinem Blick, und jetzt endlich entdeckte sie Herkules.

„Mein Gott, wie siehst Du denn aus?", entfuhr es ihr unversehens. Langsam näherte sie sich dem verletzten Tier. Basti blieb an ihrer Seite, während sie beruhigend auf ihn einsprach. „Alles gut. Alles ist gut. Ich tu Dir nichts. Ich will nur mal sehen", wiederholte sie so oder ähnlich immer wieder, bis sie neben Herkules kniete. Basti legte sich zu ihm. Es tat gut nicht mehr allein zu sein. Herkules schloss die Augen und ließ den Hund und den Menschen gewähren. Dann griff die Frau zu ihrem Handy und telefonierte. Wenige Minuten später fuhr ein Auto vor und ein Mann stieg aus. Auch er beugte sich über Herkules und begutachtete ihn.

„Das sind eindeutige Kampfspuren", stellte er mit geübten Blick fest, „Leider gibt es solche Dinge immer noch, wo Hunde dafür ausgebildet werden andere zu zerfleischen. Du hast hier eine Tötungsmaschine vor Dir. Der ist unberechenbar. Das Beste wäre wohl ihn einzuschläfern."
„Nein, das ist ganz und gar nicht das Beste", erwiderte die Frau gelassen, „Denn wenn man

einen Hund scharf machen kann, dann muss er auch einmal nicht scharf gewesen sein. Kein Hund kommt als Kampfhund auf die Welt."
„Wahrscheinlich hast Du recht, aber es ist trotzdem gefährlich. Wer weiß wie kaputt der Hund wirklich ist", versuchte der Mann sie zu überreden.
„Wenn Basti ihm vertraut, dann tue ich es auch", erklärte sie resolut.
„Wie Du willst", gab sich der Mann geschlagen, „Aber auf Deine Verantwortung."

So wurde Herkules ins Auto verladen und medizinisch versorgt. Es dauerte viele Wochen bis er sich von seinen Verletzungen erholte, nicht nur von seinen äußeren, sondern vor allem von seinen inneren. Langsam gewann er Vertrauen in die Menschen, die ihn aufgenommen hatten, die ihm zutrauten, dass er nicht sein musste, was er bisher war.

Allein dieses Zutrauen half ihm aus einer Rolle auszubrechen, die ihm übergestülpt worden war. Viele Monate vergingen, in denen vor allem Hinwendung und Geduld gefragt waren, doch langsam zeigte er sein wahres Wesen. Nicht, dass es auch Rückschläge gegeben hätte,

Situationen, in denen er in alte Rollenmuster zurückfiel, doch es ist nicht leicht seine gesamte bisherige Lebensgeschichte einfach hinter sich zu lassen. Nicht leicht, aber möglich.

Und während all der Zeit war Basti an seiner Seite. Er tat nicht viel. Er war einfach nur da. Wenn Basti Herkules zum Spielen aufgefordert hatte, gleich am Anfang, zog Herkules sich zurück. Wie sollte er denn wissen, dass das nicht nur erlaubt, sondern sogar erwünscht war?

Erst als er sah, dass er nicht mehr geschlagen wurde, nicht vertrieben oder bestraft, erst da wagte er es. Ein völlig neues Leben hatte er geschenkt bekommen. Mittlerweile ging die Frau mit beiden Hunden an der Leine spazieren. Wohlerzogen wirken sie beide, beide Terrier. So verschieden sie auch äußerlich waren, so sehr sich die Menschen auch über dieses seltsame Gespann verwunderten, so zugehörig fühlten sie sich einander.

Es war gut etwas hinter sich lassen zu können. Nicht nur, dass er dem Terror, der Angst und den Schmerzen entronnen war, er hatte ein Heim und einen Freund gefunden. Es war alles, was er sich je in seinem Hundeleben gewünscht hatte. Es war mehr, als er je zu hoffen gewagt hatte.

Manchmal kann es gelingen. Manche werden gerettet. Manchmal saß die Frau spät abends auf der Couch und las ein Buch, während Herkules und Basti, eng aneinander gekuschelt in ihrem Körbchen schliefen. Da legte dann die Frau schon mal das Buch weg und blickte lächelnd zu ihren beiden Hunden.

„Ich bin so froh, dass ich ihn nicht aufgegeben habe", dachte sie dann, „Ich hatte wohl gehofft, dass er sich integriert, aber dass es so gut wird, dass hätte ich nicht gedacht. Es gibt niemanden, der es nicht verdiente gerettet zu werden."

Aber dennoch gingen die Kämpfe weiter. Wenn ein Hund wegkam, dann wurde ein anderer an seine Stelle gesetzt. Sie hatte wohl nie verstanden wofür diese Kämpfe gut waren oder was die Motivation dazu war sich daran zu erfreuen. So viel gäbe es noch zu tun, so viel Leid zu lindern, auch wenn es letztlich aussichtslos war. Niemals können alle gerettet werden, aber Herkules war gerettet worden. Zumindest einer.

Und während sie das Buch wieder zur Hand nahm, fasste sie den Vorsatz für ihn einen neuen Namen zu finden, denn Herkules passte nun wirklich nicht mehr.

* * *

In Ausübung ihrer Pflicht?

Es entscheidet sich immer wieder. Manchmal geht es dann weiter, und manchmal ist es endgültig. Das sehen und verstehen wir aber immer erst hinterher. Es bedarf nicht viel. Nur einer Kleinigkeit. Oft. Es geschieht in einem Moment, und im nächsten ist alles anders. Es geschieht hier, und ein paar Meter weiter ist alles anders. Hier und Jetzt ist man involviert, einen Moment später, ein paar Meter weiter bloß Zuschauer.

Hätte es die Erbse nicht hierhin, sondern ein paar Meter weiter an eine andere Stelle getragen, wäre sie vielleicht auch sanft von Erde umschlossen worden, bereit neue Frucht zu tragen.

Aber sie lag nun mal an dieser Stelle ohne Erde und ohne Zukunft, und doch blähte sie sich auf, blähte sich auf bis sie platzte. So geht es manchmal. Mit Menschen. Aber auch mit Erbsen.

* * *

Der Abend ging, der Abend, an dem der Jäger sich Freya tatsächlich zugewandt und ihr ein paar Worte geschenkt hatte. Natürlich, sie hatte den Sinn nicht verstanden, aber sie spürte, dass er zufrieden mit ihr war, sehr zufrieden sogar. Für einen Hund braucht es so wenig einen Menschen zu verstehen.

Menschen hingegen meinen immer, es sei so kompliziert einander zu verstehen. Dabei machten sie es einfach kompliziert. Wären sie in sich authentisch und nicht so verlogen, dann wäre es einfach.

Hunde reagierten so. Es gab keine Zweideutigkeiten. Die hatte der Mensch für sich gepachtet. Zufrieden schlief Freya an diesem Abend ein, und als der nächste Abend kam, da spürte sie die Aufregung, die sich ihres Herrn bemächtigte, eine Aufregung, von der sie sich anstecken ließ. Was genau geschehen würde, das wusste sie nicht, nur dass es was Großes war.

Freya lag in ihrem Körbchen und sah bei den Vorbereitungen zu. Wachen Auges und Geistes verfolgte sie jeder Bewegung des Jägers. Ganz in Grün war er gekleidet. Er trug dieses Grün wie andere ihren Smoking. Mit stolzgeschwellter Brust. Nur, dass er nicht darauf aus war Menschenweibchen gegenüber eine gute Figur zu machen, sondern nur sich selbst gegenüber. Niemand würde ihn sehen, nur sein Hund und das Wild, das er hoffentlich aufspürte. Zuletzt besah er sich seine Waffe, die in tadellosem Zustand war. Nichts anderes war zu erwarten.

Sorgfältig kontrollierte er zuletzt nochmals seine Ausrüstung, und dann gab er das Zeichen zum Aufbruch. Freya war an seiner Seite. Er öffnete die Tür zum Kofferraum, so dass Freya hineinspringen konnte. Das Halsband hatte er ihr angelegt, sorgsam darauf bedacht, dass die Dornen nach außen wiesen, denn bei einem Zusammenstoß wäre ihr Hals gegen Bisse geschützt. Das sollte ein Fuchs wagen. Wenn er es überhaupt wagte.

Wenige Minuten später, als die das Revier erreicht hatten, stiegen sie aus. Er parkte sein Auto in einem uneinsehbaren Waldweg. Waldarbeiten hatten wohl dazu geführt, dass er angelegt worden war. Doch er war lange nicht benutzt worden und dementsprechend verwildert.

Seite an Seite konnte man dann Hund und Mensch durch den Wald streifen sehen. Ihre Aufmerksamkeit war auf die Umgebung gerichtet. Der Jäger suchte mit seinen Augen die Umgebung ab. Freya mit ihrer Nase. Der Jäger horchte auf Geräusche. Freya genügte ihr Instinkt. Wortlos gingen sie nebeneinander her, und der Jäger setzte sorgsam seine Schritte, dass er so wenig Geräusche wie möglich verursachte. Er wollte sich doch sein Wild nicht selbst vertreiben. Sein Kopf war leer. Er gab nichts was zu denken sich lohnte, in dieser erhabenen Zeit der Suche, der Annäherung, der Jagd. Eigentlich sollte das jeder einmal erlebt haben, jeder Mann zumindest. Es lag den Männern im Blut. Sie hatten es nur vergessen. Es gab in seinen Augen nichts Erhabeneres als sich auf die Jagd zu begeben.

Die Suche nach dem Wild, die Geduld, die man aufzubringen hatte, und dann die Schnelligkeit und Entscheidungsfreudigkeit. Hier gab es klare Regeln, so klar wie nirgends sonst. Innerhalb dieser klaren Regeln fühlte er sich wohl. Da kannte er sich aus. Hier konnte ihm keiner etwas vormachen, ihn niemand in Verwirrung bringen. Da erreichten sie eine Lichtung.

Das Gras war durch den anhaltenden Regen der letzten Tage hoch gewachsen. Sein Instinkt sagte ihm, dass sich in diesem hohen Gras etwas verbarg, und die Haltung seiner Hündin, aufrecht, mit gehobener Vorderpfote, bestätigte diese Annahme. Mit einem Wink schickte er Freya in das hohe Gras hinein. Sofort sprang sie los. Das Gras war so höher als der Hund, so dass man sie nicht mehr sah. Dort, wo sich das Gras bewegte, dort war sie. Daran konnte er erkennen wohin sie ging. Plötzlich raschelte das Gras, aber nicht wo Freya sich bewegte. Mit großer Zufriedenheit erkannte der Jäger, dass sie tatsächlich etwas aufgespürt hatte. Vielleicht ein Reh oder ein Wildschwein. Er konnte es nicht erkennen.

„Jetzt treib es heraus aus dem Gras", dachte er, die Flinte entsichert und im Anschlag. Ruhig verfolgte er das nun heftig erzitternde Gras, das sich unter dem fliehenden Wild bog. Freya trieb etwas vor sich her. Immer weiter durch das Gras, bis zum Ende der Lichtung. Und dann sah er es. Ein kolossaler Keiler stürmte da aus dem hohen Gras und wollte bereits zwischen den Bäumen verschwinden, als der Schuss die Stille zerriss, der erste Schuss. Doch der Keiler blieb nicht stehen, sondern rannte weiter. Offenbar hatte er ihn schlecht getroffen. Gleich darauf donnerte der zweite Schuss, und diesmal hatte er besser gezielt, denn der Keiler verlor das Gleichgewicht und fiel hin. Freya, die den Keiler, die ganze Zeit verfolgte hatte, wollte schon auf ihn zulaufen, denn er schien tödlich getroffen zu sein. Doch es war nur eine Atempause. Da sprang der Keiler plötzlich auf, doch nicht um zu fliehen, sondern um sich seinem Gegner entgegen zu stellen. Freya zugewandt stürmte er los, erwischte die Hündin an der Flanke und schleuderte sie weg. Jaulend fiel sie zu Boden, doch sie stand sofort wieder auf. Der dritte

Schuss fiel, doch der Keiler zeigte sich unbeeindruckt.

„Jetzt, greif ihn an", dachte der Jäger noch, als Freya auch schon losrannte. Den Schmerz war sie gewohnt. Es hatte sich ausgezahlt, dass er sie an Schmerzen gewöhnt hatte, denn so konnte sie wieder aufstehen uns ich dem Feind entgegenstellen. Nochmals ging sie auf den Keiler los. Doch sie machte es nun überlegter. Statt frontal auf ihn zuzulaufen, was wenig Sinn hatte, machte sie einen Bogen und griff ihn von der Seite an, sprang auf ihn und verbiss sich in sein Fleisch, doch was jeden anderen Keiler umgeschmissen hätte, schien diesen nicht einmal sonderlich zu stören. Er schüttelte den Hund ab wie eine lästige Fliege. Mit einem lauten Krachen fiel Freya auf den Rücken. Winselnd stand sie wieder auf. Der Jäger schoss nicht. Er sah zu. Freya war offenbar schwer verletzt. Es fiel ihr schwer sich aufzurichten, doch sie tat es, begann zu laufen.

„Was für ein Hund", dachte der Jäger noch, als er plötzlich bemerkte, dass Freya nicht auf den Keiler zulief, sondern zu ihm. Mit letzter Kraft schleppte sie ihren waidwunden Körper zu ihrem Herrn, um bei ihm Schutz zu suchen, sich hinter ihm zu verstecken. Es dauerte einige Momente bis er erkannte was da vor sich ging.

Und da stieg eine Wut in ihm hoch, eine solch rasende, überbordende, namenlose Wut, wie er sie noch nie empfunden hatte. Noch einmal legte er die Waffe an. Diesmal würde er nicht daneben schießen, würde er sein Ziel nicht verfehlen.

Was für eine Schmach. Das konnte er nicht auf sich beruhen lassen. Sorgfältig zielte er. Freya lag zitternd und röchelnd bei seinen Füßen, in ihrer elenden Feigheit. Hatte sich verkrochen wie eine Memme, in den Rockfalten der Mutter. Das Blut sickerte aus den Wunden, die ihr der Keiler ins Fleisch geschlagen hatte. Hier würde ihr nichts mehr passieren.

„Du verdammter Mistköter", zischte er zwischen den Zähnen hindurch, „All die Mühe, alles umsonst!" Als er zielte und schoss. Mitten ins Herz seines Hundes.

Im selben Moment durchfuhr ihn ein nie gekannter Schmerz. Spitze Eckzähne bohrten sich in sein Fleisch, zerrissen es, durchwühlten seine Eingeweide und rissen sie aus seinem Körper.

„Was für ein Keiler", dachte er noch, und es war das Letzte was er dachte.

Gestorben in Ausübung seiner Pflicht. Der Keiler schleppte sich mit letzter Kraft in das Dickicht, um nach vielen, qualvollen Stunden elendiglich zu krepieren.

Erst am nächsten Morgen kamen Wanderer und entdeckten das Massaker. Sie kamen zu spät. Aber auch, wenn sie früher gekommen wären, hätten sie wohl wenig ausrichtigen können. Dieses gefahrvolle Geschäft fordert auch seine Opfer. Es gibt immer Sieger und Verlierer. Jeder hat seine Chance. Es lebe das hehre Waidwerk!